Vladimir Tasić

Abschiedsgeschenk

Vladimir Tasić

Abschiedsgeschenk

Roman in drei Sätzen

Aus dem Serbischen
von Patrik Alac

SchirmerGraf Verlag
München

Für Maja

Die Originalausgabe erschien 2001 unter dem Titel
Опроштајни дар. Кончерто *(Oproštajni dar. Končerto)*
bei Svetovi in Novi Sad.

ISBN 978-3-86555-041-5

Gesamtgestaltung nach einem Entwurf von Paul Barnes, London
Umschlagmotiv: *Zwei Jungen im Regen* (1964, Ausschnitt)
von Thomas Hoepker
(© Thomas Hoepker / Magnum Photos / Agentur Focus)
Gesetzt aus der Berthold Caslon
Satz: Uwe Steffen, München
Druck und Bindung: Ebner & Spiegel, Ulm
Printed in Germany

www.schirmer-graf.de

Good people! Save the Body of our Play,
From those who dissect it Yonder stay,
Like Surgeons on an execution day.

Edward Ravenscroft

Allegro

Mein Bruder ist nicht mehr. Ich könnte auch sagen, von ihm ist nur noch eine Schachtel Asche übriggeblieben, doch jetzt ist auch diese Schachtel leer. Der Postbote, ein pickliger junger Mann in purpurroter Uniform, hat sie heute morgen gebracht; am zwölften Dezember zweitausend. Es war ein Dienstag. Ich wollte gerade zur Arbeit fahren. Meine Frau schlief noch. Der junge Mann legte die Sendung unmittelbar auf die Schwelle, als wollte er damit andeuten, daß ich sie erst dann in Besitz nehmen dürfe, wenn ich den absurd kleinen Raum, der auf dem Formular dem Empfänger zur Verfügung stand, ausgefüllt hätte. Eigentlich kriege ich nie Pakete. (Bücher, Rechnungen und Werbeprospekte der Pizzeria Corleone: das ja. Pakete nie.) Meine Frau hingegen mindestens zwei- oder dreimal die Woche. Normalerweise wacht sie nicht einmal auf, wenn es klingelt. Manchmal lacht sie nur über das Klingeln, im Schlaf. Die Päckchen kommen aus allen Ecken des Kontinents, und ich nehme sie brav, aber nicht ganz neidlos in Empfang. Sie enthalten meistens Pulver, aus denen sich Glasuren brennen lassen und die Namen tragen wie »Abendschatten«, »Shino staubtrocken«, »Kraquelee-Shino«, »Karamell«, »Indian Summer«, »Altes Kupfer«, »Eisenerde« und dergleichen. Manchmal finden sich in diesen Paketen auch sorgfältig gestapelte Säckchen mit schwarzem Lehm oder Terrakotta oder auch hin und wieder dieser Katalysator einer jeden alchimistischen Versuchsreihe, getrockneter Pferdemist aus Arizona als Granulat. Meine Frau ist eine erfolgreiche Kunsttöpferin. Ich hingegen könnte bis heute keinen Aufsatz schreiben zum Thema: »Was ich einmal werden will«. Unterdessen arbeite ich als höherer technischer Berater in einer Firma, die Bildungssoftware für Medizinstudenten entwickelt. Nichts Außerordentliches; und doch bringt dieser Beruf Geld, mit dem es sich in einer kleinen kanadischen Provinzstadt, deren Namen Sie sicherlich noch nie gehört haben, ganz angenehm leben läßt. (So angenehm, daß ich mir Abendkurse in Geschichte und Kalligraphie sowie Gitarrenunterricht leisten kann, aber auch, daß man mich alle Jahre wieder aus dem einen oder anderen Schreibworkshop rausschmeißt. Hauptursache dafür sind »unmotivierte lyrische Ergüsse«; und etwas seltener »die vergebliche Suche nach dem Geheimnisvollen im Empirischen«.) Auf dem Formular stand diesmal mein Name. Ungeduldig unterschrieb ich. Der junge Mann wünschte mir einen guten Tag und stapfte zurück zum Lieferwagen, den er vor dem Haus geparkt hatte. Den Motor hatte er laufen lassen, es war Winter. Dem Knirschen des Schnees unter den Sohlen seiner Stiefel nach zu urteilen, durfte es fünfzehn oder zwanzig Grad unter Null sein. Hier ist, dachte ich, immer Winter. Ich nahm das Päckchen und machte die Tür zu. Unsere Hündin Phoebe – den Namen hat ihr meine Frau gegeben, sozusagen als Hommage an Salinger, ihren Lieblingsautor – strich aufgeregt um meine Beine, als ich den Pappkarton und das extrastarke Klebeband zerriß, womit das Päckchen an den Ecken verstärkt war. Die Sendung bestand aus einer Metallschachtel und einem Umschlag ohne Aufschrift, den ich aber erst später entdeckte. Eine Schachtel in der Schachtel, dachte ich, *sehr* originell. Wenn ich darin eine noch kleinere Schachtel finde, sagte ich zum Hund, wird jemand dafür geradestehen. Ich öffnete die Schachtel und spähte hinein. Und als ich die Asche erblickte, machte ich die – so würde ich heute sagen – Urne vorsichtig wieder zu; doch in dem Augenblick konnte ich noch gar nicht wissen, daß es sich um menschliche Überreste handelte, um den Staub und Schatten (da haben Sie so einen unmotivierten lyrischen Erguß), aus dem wir alle geschaffen sind. Das war eine ganz prosaische Blechschachtel, zwanzig mal zwanzig mal zehn Zentimeter groß, überzogen mit einem mattschwarzen Lack, der an den Rändern abblätterte und mehrere aufeinanderliegende Schichten erkennen ließ. Die Sedimente waren sichtbar genug, um mich von ihrer früheren Existenz zu überzeugen und in mir den Zweifel zu wecken, ob sie nicht eine geheimnisvolle Nachricht enthielten. Sollte dies der Fall sein, so ist es mir nicht gelungen, sie zu entziffern. Und dennoch hatte ich eine oder zwei Minuten lang das Gefühl, als hätte mein Bruder – der zu denen gehörte, die auf den Fensterscheiben ebenso beharrlich wie erfolgreich nach den Fingerabdrücken Gottes suchen – etwas Treffendes dazu sagen können. Ich weiß nicht was. Bei Poe las ich einmal, daß scharfsinnige Detektive vor allem über die Fähigkeit verfügen müssen, sich durch Nachahmung von Gesichtsausdruck, Körperhaltung und Bewegungen einer bestimmten Person in deren Lage zu versetzen und damit Einsicht zu erhalten in ihr intimstes Wesen. Mein Bruder erzählte mir, in Paris seien ganze Schulen der Psychoanalyse und Philosophie auf dieser Grundlage entstanden. Heute erscheint mir all das wie ein letzter Strohhalm, an dem man sich festzuhalten versucht. Aber an jenem Morgen lagen die Dinge anders. Es gelang mir, mich davon zu überzeugen, daß etwas dahintersteckte, stecken mußte. Mein Bruder hätte sicher gewußt was, sagte ich mir, ich muß mich nur in seine Lage versetzen, das heißt langsamer, gelassener atmen, so wie er es tat, und in meinen Augen jenes Leuchten der Mystiker, Romantiker und weiteren Propheten universaler Einfühlsamkeit aufscheinen lassen. Denn schließlich, dachte ich – wenn man dieses alte tautologische Sprichwort überhaupt als Denken bezeichnen kann –, sind wir ja aus demselben Holz geschnitzt. Schon aufgrund des gemeinsamen genetischen Erbguts besaßen unsere Gesichter gewisse Ähnlichkeiten. Und auch unsere Art, uns zu bewegen, spiegelte diese Verwandtschaft wider. Wenn wir Basketball spielten, Mann gegen Mann, oder Tischtennis, durchschoß mich plötzlich der Gedanke, daß auch bei einem flüchtig auf uns geworfenen Blick (trotz der offensichtlichen Unterschiede in den subtileren Details des Spieles, der Geschwindigkeit und der Geschicklichkeit) auffallen müßte, daß in unseren Adern die gleiche explosive Mischung serbischen, zinzarischen und slowakischen Blutes floß. Ich weiß nicht, weshalb ich zu diesem Schluß kam, denn ich konnte ja nie beide Spieler zugleich sehen und so den Vergleich ziehen. Wäre ich aber dazu in der Lage gewesen, hätte ich sicherlich eingesehen, daß gerade die subtileren Unterschiede zwischen uns genügend groß waren, um zu einer der traurigsten Begegnungen in der Geschichte des Tischtennisvereins der Anton-Tschechow-Straße in Novi Sad zu führen. Ich verlor nämlich, an einem einzigen Tag, sechsundfünzig aufeinanderfolgende Sätze an meinen Bruder. Das Wort »vernichtend« erhielt damit eine ganz neue, qualitative Dimension, doch ich verdrängte dieses Detail geschickt, auch um mich selbst davon zu überzeugen, daß die Meditationen des großen Poe zumindest einen Funken praktischer Anwendbarkeit besäßen. Diese meine List, diese ingeniöse Anwendung des Literarischen aufs Wirkliche, förderte lediglich eine lange Reihe von Gemeinplätzen zutage. Bevor er sein Philosophiestudium aufgab, erklärte mir mein Bruder, daß diese Art von Räsonieren im Grunde der Resonanz eines leeren Fasses gleichkomme. Die Wahrheit, sagte er, entspringt nicht jedermanns Kopf wie Athene dem Haupte Zeus'. Später erfuhr ich, daß Descartes diese

Weisheit in sein Haupt gepflanzt hatte, den er im Original gelesen haben mußte, denn der Satz findet sich nicht in den verstümmelten und verwässerten Übersetzungen; doch das hat keine weitere Bedeutung. Auf die natürlichste Weise eignete sich mein Bruder jeden Gedanken an, der ihm gefiel. Alles, was er sah oder las, wurde in einem dem Kreuzen und Veredeln junger Obstbäume nicht unähnlichen Prozeß Teil seiner (wie er sagte) »riesigen Wolke des Nichtwissens«. Die Wahrheit, sagte er mir, wird weder erfunden noch entdeckt; sie offenbart sich, und das nur, wenn und wann es ihr gefällt. Ich glaube, er hatte recht. Nach ein oder zwei Minuten gab sogar Phoebe, die »gute alte Phoebe«, das Schnuppern auf und verzog sich hinter den Ofen. Ich hob die Schachtel aus den Kartonfetzen auf dem Boden. Ich nahm sie in meine beiden Hände (ich hatte vor, sie in mein Arbeitszimmer zu überführen) und fühlte in diesem Augenblick, daß auf ihrer Unterseite ein Briefumschlag klebte. Ich stellte die Schachtel sofort wieder ab und öffnete den Umschlag – zerriß ihn, um genauer zu sein – und zog ein sorgsam gefaltetes Blatt daraus hervor. Darauf befand sich eine kurze und sprachunkundige Beileidserklärung. »Sehr geehrter Nächster Verwandter des Verstorbenen«, Doppelpunkt, Absatz:

»Wir bedauern sehr, Sie anbei davon in Kenntnis setzen zu müssen, daß ihr Nächster Verwandter (Vorname und Name) verblichen ist« an diesem und diesem Tag, an diesem und diesem Ort, Punkt. »Unser aufrichtigstes Beileid«, Punkt. Absatz. »Sollten Sie etwaige Fragen haben« – *etwaige* Fragen –, »steht Ihnen unser kostenloser Kundendienst« – Kundendienst! – »24/24 Stunden und 7/7 Tage zur Verfügung.« Und so weiter, in scheußlichster Amtssprache, bis hin zur Unterschrift eines armen Irren. Ich knüllte das Papier zur Größe eines Schneeballs, stellte mir vor, dies sei jemandes Kopf, und kickte es in eine unbestimmte Richtung. Phoebe sprang auf und fing den Ball noch im Flug, als er von der Wand abprallte. Dann stolzierte sie im Paradeschritt auf mich zu und legte ihn mir schwanzwedelnd vor die Füße. Ich warf den Papiertotenschädel noch ein paarmal, doch bald hatten wir beide genug von diesem Spiel. Ich glättete das Papier: Ich entfaltete es und legte es auf den Boden und fuhr mit dem Handrücken mehrmals über die rauhe Oberfläche. In der Ecke rechts oben befand sich das Wappen einer jener Organisationen, die sich selbst als wohltätig loben. Ich starrte einige Zeit auf das Blatt und faltete es dann zusammen, sorgfältig, zweimal, und steckte es in meine Hemdtasche. Ich weinte nicht.

Das heißt, vielleicht doch, aber nur lautlos. Es gab jedenfalls kein lautes Wehklagen. Wenn seine weite slawische Seele, um dieses Prêt-à-porter-Idiom zu benutzen, immer noch durch Raum und Zeit irrt, hätte es ihr bestimmt gefallen, daß man von ihr – oder ihm?, besitzen Seelen ein Geschlecht?, durfte Swedenborg tatsächlich den Engeln unter den Rock schauen? –, daß man von ihm oder von ihr, egal, mit Liebe und Heiterkeit spricht und nicht mit Verbitterung und Trauer. Glaube ich jetzt zumindest. Damals konnte ich das nur ahnen. So wie man ahnt, daß die Flecken auf einem Tischtuch nie nur die Spuren verschütteten Kaffees, sondern immer etwas mehr sind, das mikroskopische Detail einer wahrscheinlich heillosen Geschichte; daß die Schritte, die man nachts aus dem Nebenzimmer hört, nicht nur das unruhige Kreisen eines gefangenen Pumas sind, sondern immer etwas mehr. Ja. Mein Bruder war ein Puma. Das behauptete er, nachdem er einige Bücher über den Glauben der Indianer gelesen hatte. Ich erinnere mich nicht mehr genau, um welche Bücher und um welche Indianer es sich handelte, aber wenn diese Indianer und diese Bücher als Maßstab gelten, dann war er meiner Meinung nach ein Kojote, ein unverbesserlicher Trickser, viel eher als ein Puma. Er glich eher einem Kojoten, was ich ihm auch mehrmals sagte. Du bist, sagte ich ihm, ein Kojote. Und du, antwortete er mir einmal, was bist dann du? Sisyphus, sagte ich. Das meinst du wohl, sagte er, *Sisyphus scaefferi*, ja, ein Mistkäfer. Er war damals nicht älter als zwölf oder dreizehn – er war zwei Jahre jünger als ich –, aber er verstand sich bereits auf das Wesentliche. Als uns die Eltern eine Gitarre kauften, konnte er *Desafinado* spielen, noch bevor ich den Quintenzirkel beherrschte. Er gab sich nicht einmal Mühe, den Quintenzirkel zu beherrschen. Das interessierte ihn nicht. Er lernte zusammen mit mir, so nebenbei, genug Medizin, wirklich genug, glaube ich, um das Examen zu bestehen. Auch das interessierte ihn nicht. Ich erinnere mich, wie er neben mir stand mit einer Kaffeetasse in der Hand und im Anatomielehrbuch blätterte. Später, als ich beim Auswendiglernen war – das tat ich damals laut –, fiel mir ein Detail nicht mehr ein. Ich griff nach dem Buch und hörte, wie er mir etwas aus dem Nebenzimmer zurief. (Wahrscheinlich aus dem Bett, während er zum wer weiß wievielten Male die Märchen der amerikanischen Neger las: *Und Bruder Hase sagte zum Bruder Bär …*) Ich versuchte, ihn zu ignorieren; ich schlug das Buch auf; mir war klar, daß er mir gerade den Begriff zugerufen hatte, der mir nicht mehr eingefallen war. Er besaß die Gabe, sich alles Gesehene, Gehörte oder Gerochene unmittelbar ins Gedächtnis zu rufen. Das ist keine Hyperbel. Ich könnte ein ganzes Buch mit Beispielen füllen, glaube aber, ein einziges dürfte genügen. Auf einem Treffen einer Gruppe frischdiplomierter Mediziner in unserer Wohnung kam das Gespräch auf einen Chirurgen, der auf einem Kongreß in Japan verschollen war. Derartige Gruppenaktivitäten waren bei uns zu Hause eher die Ausnahme: Unser Vater und unsere Mutter hatten uns diskret zu verstehen gegeben, daß wir lieber anderswo feiern sollten, wenn wir überhaupt feiern mußten. Der Begriff »feiern« umfaßte mehr oder weniger alles außer der Verrichtung der dringlichsten physiologischen Bedürfnisse und dem Lesen. Unsere Eltern, im Unterschied zu denen der meisten unserer Bekannten, verreisten äußerst selten; und so gut wie nie länger als einen Tag. Meine Mutter sagte immer mal wieder, daß sie gerne einmal Paris oder Rom sehen würde – was damals noch ohne erniedrigende Visabettelei möglich war –, aber mein Vater nahm dann einfach einen Bleistift und führte auf dem Zeitungsrand eine brillante Rechnung aus, die die Undurchführbarkeit einer derartigen Reise zweifelsfrei bewies. Ein Kuraufenthalt, sagte er, sonst nichts. Meine Mutter entschied sich dann gewöhnlicherweise für das zweite. So kam es, daß sie in den fünf Jahren, die seit dem letzten Familienurlaub verflossen waren, das Bermudadreick Novi Sad–Zrenjanin–Belgrad nicht verlassen hatten. Im Sommer 1988, als ich mein Examen ablegte, erschienen unsere verschollenen Reisenden ebenso unerklärlich auf dem Radar, wie sie davon verschwunden waren, und begaben sich für ganze zwei Wochen nach Kanjiža. Ihren plötzlichen Entschluß, sich den idealen Urlaub zu gönnen – ein Kuraufenthalt, sagte mein Vater, das ist der ideale Urlaub; von wegen Paris, Blödsinn! –, deuteten wir als Zeichen des Stolzes, daß wenigstens einer ihrer Söhne, wenn auch der weniger Hoffnungsvolle, ein Diplom erworben hatte und so in ihren Augen zumindest, und nicht ohne die dazugehörigen Versuchungen und Leiden, der Erleuchtung teilhaftig geworden war. Im Unterschied zu den Eltern verschmähte mein Bruder schon die bloße Idee eines Diploms. In seinem akademischen Samsara, in dieser donquichottesken Irrfahrt durch die Provinzen des Wissens, besuchte er die Mehrzahl der Belgrader und Novisader Universitäten ohne die geringste Absicht, auf einer von ihnen, wie unsere Mutter so schön sagte, »sein Glück zu machen«. Es gelang ihm, eine tatsächlich rekordverdächtige Zahl von Immatrikulationen zu sammeln, indem er gleichzeitig mindestens zwei oder drei dieser sogenannten höheren Bildungsanstalten besuchte. Er studierte Biologie, Englisch, Physik, Philologie, Philosophie, Französisch, Schauspielerei, Chemie, Geschichte, Italienisch, Literatur, Hortikultur, Mathematik, Landwirtschaft, angewandte und unangewandte Kunst, Psychologie, Russisch, Soziologie, Theologie und Forstwirtschaft. Und ich zähle nur jene Disziplinen auf, für die sich ein formal rechtsgültiger Beweis anführen ließe. Deutsch, beispielsweise, lernte er aus Pornofilmen. Er begann mit Ausdrücken wie *Jetzt! Jetzt!* und *Ich bin geil!* und ging dann ganz natürlich zu Schlegels *Lucinde* über. In etwas weniger als einem Jahr schrieb er eine nicht unbemerkt gebliebene Seminararbeit zum Thema der semantischen Unbestimmtheit des Wortes »bedingt« bei Marx. Als sein Professor bei uns anrief, um sich mit ihm über eine mögliche Publikation zu unterhalten, tat mein Bruder während des Telefongesprächs so, als sei er nicht er, sondern ich. Es dauerte auch nicht lange, und er legte auf und verkündete, daß er das Philosophiestudium an den Nagel hänge. Unser Vater, der sich nie bekreuzigte, bekreuzigte sich in diesem Augenblick. Vielleicht ist es deshalb verständlich, weshalb die Eltern um meinen »Erfolg« ein nicht immer angenehmes Spektakel veranstalteten. Mein Sohn ist Arzt, sagte mein Vater, wenn er den Gesprächspartner erledigen wollte. Das war sein ontologisches Argument, das unerbittliche *q. e. d.* des Mathelehrers vom Gymnasium. Als ich ihm sagte, daß mich die Medizin gar nicht interessiere und daß ich schon immer Uhrmacher werden wollte (das war erfunden), holte er eine seiner mysteriösen Weisheiten hervor. »Einmal Arzt«, sagte er, »immer Arzt. Da kannst du sagen, was du willst.« Er war äußerst stolz auf solche Perlen der Redekunst. Ich nahm sie ohne jegliche Diskussion hin, mein Bruder aber konnte ihn mit seinen Antworten aus der Fassung bringen. Genaugenommen brachte er ihn ständig aus der Fassung, so daß mein Vater beinahe ganz aufhörte, mit ihm zu sprechen. Schach war eine der seltenen Kommunikationsformen, die ihnen noch geblieben waren. Spielten sie nicht gegeneinander, so stellten sie Partien vom »Jahrhundertmatch« zwischen Fischer und Spasski nach; und manchmal verfolgten sie neben dem Radioapparat, mit dem angestrengten Ausdruck derer, die gerade das Wort Gottes in Empfang nehmen, die ausführlichen Kommentare von Ananije Stojković. Meine Mutter, Lateinlehrerin, Anbeterin der Form, mochte es, mich ihren Bekannten als den »jungen Herrn Doktor« Soundso vorzustellen. Ich glaube nicht, daß es ihre Absicht war, diesen Worten einen satirischen Klang beizumischen, doch für meinen Bruder war das ein gefundenes Fressen. Eine Zeitlang wandte er sich nur noch in der dritten Person an mich. »Oh?« machte er, als er sah, daß ich Kanister mit Wein aus Irig und größere Mengen Gebäck im Flur abstellte. »Der junge Herr Doktor Mistkäfer hat sich gnädigst anerboten, eine *soirée* für seine jungen Kollegen zu schmeißen.« *Soirée*, sagte er. Das kann zynisch klingen, doch Zynismus war nicht sein Stil. Dafür spricht auch, daß er mir beim Verrücken der Möbel, bei der Beseitigung der Zeitungen und Zeitschriften (mein Vater verstreute sie überall im Haus, als wären es getragene Socken), bei der Verteilung der Gläser und der Körbchen mit dem Gebäck half und daß er die Gitarre ins Wohnzimmer brachte, unsere Gitarre, und sie mit dem Freizeichen der jugoslawischen Telekom als Referenz für die Note A stimmte. Ich glaube, man könnte sagen, das alles bereitete ihm einen Heidenspaß, wenn das auch bei ihm nichts heißen will; er freute sich über die seltsamsten Dinge, wieso also nicht über eine Party frischgebackener Mediziner. Es ist sicherlich nicht nötig zu betonen, daß solche Versammlungen nicht das

Schlechteste sind. Mein Bruder setzte sich zu uns, obwohl während des ganzen Abends niemand außer mir das Wort an ihn richtete. Später sagte er mir, er habe diese Anonymität genossen. So als ob ich existierte, sagte er, aber ohne Ego. Doch kehren wir zum Kongreß in Japan zurück, der das Thema des Abends war, das Leitmotiv der besagten *soirée*. Uns interessieren nur die Angaben über den letzten Tag des Symposiums, in der ursprünglichen Bedeutung des Wortes. Um ganz präzise zu sein, nur die wenigen Minuten vor der Abfahrt des Busses, der die müden Zecher zum Flughafen transportieren sollte. Beim obligatorischen Abzählen des »Gruppenleiters« – ich denke an jene Art Zählung, wie wir sie alle von den Schulausflügen her kennen: Der Lehrer steigt in den Bus, legt eine Hand auf den Rücken des Fahrersitzes, hebt gleichzeitig die andere wie ein Dirigent, zeigt mit dem Zeige- und Mittelfinger paarweise und abwechselnd zu den Sitzen und flüstert »zwei, vier, sechs …« dabei, kaum hörbar, den Blick in die Ferne gerichtet, als spräche er ein Gebet und als erwartete er, daß Christus selbst ihm unter den Rotzbengeln im Reisebus erscheinen würde –, bei dieser Zählung erwies es sich, daß eines der Delegationsmitglieder unentschuldigt fehlte. Wir können uns vorstellen, daß nach einem kurzen, mit unfeinen Kommentaren versetzten Warten ein allgemeiner Aufruhr entstand, eine durch das Rascheln von Shoppingtüten unterdrückte Entrüstung, und daß dann die zuvor so kohärente Gruppe sich chaotisch in alle Himmelsrichtungen zerstreute. Zunächst reagierten wahrscheinlich nur wenige auf die Aufforderung, vor dem Bus »mal eine rauchen zu gehen«. Doch bald gesellten sich auch die anderen zu ihnen und brachten den Vorschlag ein, man könne doch inzwischen etwas trinken gehen. So begann im Foyer des Hotels, unweit der Bar, eine Minikonferenz, die dem Schicksal des verlorenen Sohnes gewidmet war. Bald war das Rätsel gelüftet. Von der wahrscheinlich konfusen Idee getragen, er müsse jetzt aufbrechen, hatte sich der Chirurg in die Hotelhalle begeben. Alle Augenzeugen dieses mythischen Abstiegs vom Gipfel des Fudschi sind sich, ohngeachtet einiger querstehender Details, die die ganze Episode in den Schatten des Zweifels tauchen, in einer Sache einig: Es sah so aus, als habe er völlig den Verstand verloren. Angeblich hatte er versucht, die Anwesenden davon zu überzeugen, daß er eine Art taub gewordener Geisha sei. Mit kurzen, schnellen Schritten kreiste er in der Hotelhalle herum und sang, sich nach allen Seiten hin verbeugend, im Falsett: Heißa, heißa,

heißa, ich bin 'ne taube Geisha. Als ihn der »Gruppenleiter«, ein gewisser Žikić, Chef der Klinik, in der der unglückliche Held dieser Geschichte arbeitete, ermahnte, daß es höchste Zeit sei, ernst zu werden, andernfalls werde die ganze Gruppe zu spät zum Flughafen kommen, und als ebendieser Žikić seinen Bannfluch mit der Bemerkung ergänzte – in einem Tonfall, der zwar vage, aber doch deutlich den zukünftigen Aktivisten einer bestimmten Partei ankündigte –, daß es gerade derartige Vorkommnisse seien, die das Ansehen unseres Landes in der Welt kompromittierten, antwortete ihm der Chirurg angeblich: Konichi-Wa, Žikić-San. Es blieb ihnen keine andere Wahl, als ihn in Japan zurückzulassen. Ich glaube, es ist nicht von besonderer Bedeutung, ob diese Geschichte wahr ist oder nicht. Ich gebe sie hier nur wieder, vielleicht mit zu großer Detailtreue (doch das läßt sich jetzt nicht mehr ändern), um ein Beispiel der geistigen Fähigkeiten meines Bruders in den entsprechenden Kontext zu setzen. Auf unserer *soirée* war der Mythos vom psychotischen Chirurgen das wichtigste, ja das einzige Gesprächsthema. Jeder der anwesenden »jungen Herren Doktores« verfügte über eine besondere Erklärung, Hypothese oder Theorie. Mein Bruder hörte sich alle Meinungen geduldig an. Meine Idee, daß für das Ganze eine bestimmte Sorte japanischen Tollkrauts verantwortlich sei, quittierte er nicht einmal mit einem Kommentar. Ich äußerte diesen großen Gedanken mit einer Portion gekünstelten Humors, um meine Unwissenheit zu verdecken. Was ihm nicht entgangen sein dürfte. Als die verschiedenen Eitelkeitseruptionen schließlich abzuklingen begannen und in ganz unverhüllte Blödelei umschlugen, fragte er, scheinbar naiv: »Hat er vielleicht Muscheln gegessen?« Gleich einem erfahrenen Schauspieler, einem Veteranen der Bühne, der instinktiv den richtigen Augenblick spürt, um des edlen Yorrick Schädel hervorzuziehen, fuhr er erst fort, als er gewiß sein konnte, daß nun alle Aufmerksamkeit auf ihn gerichtet war. »Diese Schleimdinger können ganz schön gemein sein, giftig wie der Teufel. Der Tod tritt gewöhnlicherweise in den ersten zwölf Stunden ein. Wer diesen Zeitraum übersteht, kann mit Recht stolz auf sich sein. Vergiftungen dieser Art erscheinen saisonbedingt im ganzen Pazifik- und Atlantikraum, am häufigsten treten sie jedoch auf den Karibischen Inseln auf, in Kalifornien, Alaska und Britisch-Kolumbien. Und, natürlich, in Japan.« Er nannte die Orte ganz beiläufig, als spräche er von Karlovci, Kamenjar, Apatin, Banja Koviljača, Jagodina. »Es bietet sich uns eine ganze Palette von

Möglichkeiten an«, sagte er. »Vor allem aber gibt es etwas, das man das Minamata-Syndrom nennt. Es wird hervorgerufen durch den Verzehr von Meeresfrüchten, die sich mit Quecksilber aus den Industrieabfällen angereichert haben.« Er zündete sich eine Zigarette an. »Jedoch«, sagte er nach einem langen Zug (so daß ihm jetzt, während er sprach, blaugrauer Dunst aus dem Mund quoll), »nehme ich an, daß es sich im Fall eurer tauben Geisha um eine andere Samuraispezialität handelt. So wie ich das sehe, hat sich der Pechvogel mit einer Delikatesse namens *Babylonia japonica* beglückt. Diese Muschelart produziert ihre eigenen Toxine. Die westlichen Exemplare führen zu geringeren Sehstörungen, die östlichen aber … Die gewöhnlichen Symptome sind Sensibilitätsverlust, Schwindel, Doppelsichtigkeit oder sogar Erblindung, Störungen des Gehörs und der räumlich-zeitlichen Orientierung, Bewußtseinsverschiebungen sowie schwere motorische Koordinationsprobleme. Im Falle einer sanfteren, einer gelinden Vergiftung läßt sich der Effekt mit dem vergleichen, was man im Volksmund mit dem Satz beschreibt: Er hat Tollkirschen gegessen.« Diese Angaben hatte er, wie er mir später erzählte, in einem amerikanischen Lehrbuch gefunden, das ich einige Jahre zuvor, wer weiß weshalb, ein oder zwei Tage aus der Universitätsbibliothek geliehen hatte. Er besaß ein unfehlbares Gedächtnis. Nach dieser kurzen Teilnahme am Gespräch warf ihm eines der anwesenden Mädchen, Nina »Patronovna« (Vater Russe; Formen wie Dolly Parton), von Zeit zu Zeit Blicke zu, die jeden anderen dazu verleitet hätten, noch eins draufzusetzen; er aber schwieg und lächelte wie ein Holzbuddha. Im Grunde handelte es sich nicht einmal um ein Lächeln, das ist lediglich meine Interpretation der Falten, die in bestimmten Augenblicken unmittelbar um seine Augen sichtbar wurden. Beispielsweise, wenn er begriff, daß unser Vater sich auf dem Schachbrett in einer aussichtslosen Lage befand. Wie auch immer, er schwieg. Und so ergriffen andere die Initiative. Wegen der nicht gerade zurückhaltenden Blicke der Nina Patronovna von einer Art Onanistenfiebrigkeit befallen, entwickelten sie die *Babylonia-japonica*-Hypothese mit wahrhaft bedenklicher Leidenschaft. Einer der frischgebackenen und feurigen Vertreter dieser Wissenschaft von den Meeresmollusken rief sogar bei seinem Vater (einem angesehenen Novisader Arzt) an, damit dieser zusätzliche Informationen in einer Enzyklopädie nachschlage. Und wie die fachmännischen Beratungen ihren Lauf nahmen, drückte mein Bruder seine Zigarette aus, griff zur Gitarre und begann zu spielen. Er erschien mir in diesem Augenblick wie ein Rotzbengel, dem es in einem blitzartigen Ablenkungsmanöver gelungen war, eine Stinkbombe in den Lift zu werfen, und zwar genau in dem Augenblick, in dem der Präsident des Mietervereins den Knopf für den zehnten Stock gedrückt hatte und die Aufzugstür zuging. (Sollten einige Leser dieses Stoffes auf dem Mars geboren worden sein, füge ich hinzu, daß der Terminus »Stinkbombe« eine Handvoll in Aluminiumfolie eingewickelter zerquetschter Tischtennisbälle meint und daß diese mächtige Waffe, wenn man sie entzündet, eine große Menge Rauch fabriziert und, wie das Wort selbst es sagt, scheußlichen Gestank.) Er spielte Satie, es waren, glaube ich, Variationen über die *Gymnopédies*, ganz leise. Hätte ihm sonst jemand zugehört, abgesehen von mir – was nicht der Fall war, außer, vielleicht, Nina –, so hätte er bezeugen können, daß Saties Harmonien sich unter den Händen meines Bruders geradezu magisch in ein mazedonisches Volkslied verwandelten, dessen Name mir jetzt, bedauerlicherweise, nicht einfällt; es war ein nahtloses Hinüber- und Hineinfließen und dann wieder ein Zurückgleiten zu Satie. Der Sohn des angesehenen Arztes legte den Hörer auf und teilte mit feierlicher Stimme mit, der unglückliche Chirurg, die unfreiwillige Geisha, sei inzwischen aus Japan zurückgekehrt. Das letzte, woran er sich erinnere: Reisschnaps und verdammt gute Muscheln. Ich blickte zu meinem Bruder, der mittlerweile seinen Satie aus Mazedonien auf einen Spaziergang in die Anden entführt hatte. Ich sagte, halblaut: Stinkbombe. Wir lachten, als wär das Gebäck nicht mit Mohn, sondern mit Hanf bestreut gewesen. Ich bin sicher, daß niemand wußte, weshalb wir lachten, aber bald schlossen sich uns alle an. So kam es, daß durch die Magie meines Bruders eine a priori leblose Zusammenkunft junger Snobs sich in einen beinahe angenehmen Abend verwandelte. Nein: Ich versuche hier nicht, nach dem Vorbild drittklassiger Hagiographie eine Legende zu schaffen. Mein Bruder, soweit ich darüber informiert bin, wandelte nicht umher, um die Wunden der Aussätzigen zu verarzten. Selbst wenn es mein Ziel wäre, einen Heiligen aus ihm zu machen, der am Ende dieser Memoiren die Welt mit seinem fehllosen Geist erleuchten und Hand in Hand mit Moses und Mohammed, mit Jesus und Buddha gen Himmel eilen würde, verstehe ich nicht, weshalb das jemanden stören könnte. Und sollte dies wirklich zutreffen, dann nur gegen meinen Willen. Vielleicht ist es deshalb nicht unwichtig, hier einige Häresien zu verzeichnen, und zwar von der Sorte, die wir nur selten in den kanonischen Texten antreffen können. Vor allem war mein Bruder gewiß einer der leidenschaftlichsten Anhänger der Lektüre im modernen, vielleicht aber auch postmodernen Badezimmer. Einmal überraschte ich ihn in der Badewanne, er las gerade Juda Halevis *Chasaren*, er hatte Kopfhörer aufgesetzt (neben der Badewanne lag ein Walkman), summte ein Duett aus *Lakmé* und holte sich einen runter. Später versuchte ich, ihn mit einer Reihe durchsichtiger Anspielungen auf den Walkman, die Oper und die Chasaren aus der Fassung zu bringen, doch er schien in keinem Augenblick zu verstehen, woran ich dachte. Bruder Mistkäfer interessiert sich für die Chasaren? fragte er. Und fuhr dann fort, von Juda Halevis Buch zu sprechen. Das Buch ist gewaltig, sagte er. »Im Stil eines Dokuments verfaßt, aber der Disput, um den es geht, ist vielleicht nur Fiktion. Drei Weise, Vertreter des Judentums, der Christenheit und des Islam, eifern darum, den König der Chasaren für ihren Glauben zu gewinnen. Kann dir nicht schaden, das zu lesen. Der alte Juda Halevi ist ein Meister, verglichen mit deinem Pavić!« Ich habe nie verstanden, ob das ein geschicktes Ablenkungsmanöver war – Laß mir bloß den Pavić in Ruhe, rief ich, Pavić ist eine Institution! – oder ob er einfach nicht wußte, daß ich ihn in flagranti erwischt hatte. Der zweite Verstoß, der es wert ist, in die Aufzählung seiner Sünden wider den Heiligen Geist aufgenommen zu werden, ist sicherlich seine Nocturne mit Nina. Die meisten der Gäste auf meiner Diplomparty begaben sich gegen Mitternacht in eine Disko auf der Petrovaradiner Festung. Ich sage, die meisten, denn mein Bruder ging nie in die Disko, blieb also zu Hause, und Nina schützte vor, sie sei müde und könne nicht mehr mit uns kommen. Den Aussagen meines Bruders zufolge, klingelte sie kaum zehn Minuten später wieder an der Tür und erklärte, daß ihr hier offenbar irgendwo ein Ohrring abhanden gekommen sei, und so weiter. Die Einzelheiten sind mir nicht bekannt, obgleich ich immer noch wissen möchte, wie es dazu kam, daß mein Bruder und Nina plötzlich, wenn ich das so sagen darf, Brust an Brust auf dem Bett lagen. Doch dieser Erzählstoff würde die Belastung einer Introductio und Expositio nicht aushalten, und so gehe ich, ebenso wie die Helden meiner Erzählung, gleich zur Sache über. Mein Bruder hat sich im Augenblick der Entscheidung, als Nina ihm befahl: »Liebe mich!«, nicht besonders pfiffig angestellt. Angeblich sagte er: »Ich liebe dich« und hat sie aufs Auge geküßt. Als er mir das später erzählte, fiel ich buchstäblich auf den Hosenboden. »Aufs Auge!« sagte ich, »du hast Nina aufs *Auge* geküßt? Du spinnst ja komplett.« Ich glaube nicht, daß ihn das wütend machte, aber er wollte mir nicht mehr erzählen, was danach geschah. Und irgend etwas ist ganz sicher geschehen, denn Nina rief in den nächsten Tagen wiederholt an; nach einem solchen Anruf verließ mein Bruder jeweils in großer Eile die Wohnung für drei oder vier Stunden. Wenn wir der Beschreibung, die ich nachträglich erhielt – dank einer Freundin Ninas –, glauben wollen, so ereigneten sich in diesen Stunden seltsame Sexualrituale, von denen ich nur so viel sagen möchte, daß sie in meinen Augen den gewagteren Abschnitten aus dem *Panarion* des heiligen Epiphanius zum Verwechseln ähnlich sind. Vielleicht handelt es sich einfach nur um Klatsch. Aber ich weiß mit Bestimmtheit, daß mein Bruder mit großer Neugierde die Berichte Epiphanius' über die gnostischen Sekten las. Hier, sagte er, geht's mehr zur Sache als bei Miller. Doch genug damit. Ich wollte nur sagen, daß mein Bruder, nach den heutigen Kriterien der Kanonisierung, weit davon entfernt war, ein Heiliger zu sein. Religion interessierte ihn zutiefst; vielleicht viel zutiefst. Ich könnte behaupten, es sei gerade die Besessenheit für Religion gewesen, die ihn das Leben kostete, aber er wäre, glaube, ich, nicht mit mir einverstanden. Das Problem der religiösen Erfahrung beschäftigte ihn so weit, daß er mit der Zeit sein eigenes Glaubensbekenntnis entwickelte, ein Durcheinander aus allen möglichen mystischen Traditionen, zusammengestopselt aus den Lehren der Begarden, Beginen, Bogumilen, Buddhisten, Donatisten, Ebioniten, Fratizelen, Hermetisten, Parazelsianer, Rosenkreuzer, orthodoxen Hesiasten (besonders interessierte er sich für die Mystik des Herzens); da fand sich alles mögliche, vom Katharismus und der Kabbala bis zu asketischen Legenden mit mystischen patripassianistischen Einschlägen, Sufismus, Tantra, Taoismus, Juju und Wodu und wer weiß was sonst noch alles. Seinerzeit vergeudete ich eine beträchtliche Summe Geld auf ein Exemplar der schwer zugänglichen Enzyklopädie der Häretiker von Clifford, in der Hoffnung, ein wenig Ordnung in dieses Chaos zu bringen. Es gelang mir, nicht ohne Mühe, das Buch aufzutreiben, aber nicht, wie ich zugeben muß, aus der Doktrin meines Bruders schlau zu werden. Mit jedem neuen Blick erschien sie mir anders und doch immer noch gleich; wie die bunten Kristalle eines Kaleidoskops. Vielleicht wäre es besser, zur Beschreibung eines seiner praktischen Projekte überzugehen. Auf dem Balkon unserer Wohnung stand seit Jahren ein alter Herd, der die Grundlage dieser aberwitzigen Konstruktion darstellte. Das zweite Grundelement des Projekts war der Tosca-10-Plattenspieler. Unsere Eltern betrachteten dieses Wunder des zeitgenössischen Designs zugleich als Klimax technischer Raffinesse: Es war feierlich im Wohnzimmer ausgestellt, als handelte es sich um einen Volksverdienstorden. Mein Bruder aber »dekonstruierte« ganz einfach (so formulierte er es) dieses Grammophon mit Hilfe einer Säge, einer Zange, Schraubenziehern und anderem Werkzeug, und baute die Plattendrehscheibe anstelle der größten Herdplatte im Küchenherd ein. Die Lautsprecher stellte er in den Ofen. Er kaufte neue Schalter für den Herd, montierte sie und klebte daneben in gedruckten kyrillischen Lettern: *Volume, Bass, Treble, Balance.* Er machte sich einen kalten Nescafé – er trank immer kalten Nescafé mit lediglich ein wenig Wasser, viel Milch und ein oder zwei Körnchen Rohrzucker –, legte das erste Clash-Album auf sein Herdophon und setzte sich auf einen roten Plastikhocker. Ich blieb in der Küche (in dieser Wohnung konnte man nur von der Küche aus auf den Balkon gelangen) aus Sorge, daß die Höllenmaschine auch mich noch in ihr dunkles Jenseits mitnahm. Bald quoll ein unerträglicher Lärm aus dem Apparat und vertrieb für ein paar Stunden die Spatzen vom Balkon, die mein Bruder trotz des Verbots unserer Mutter regelmäßig fütterte. Er hat sich dann nie mehr auf dem Gebiet der Technik versucht. Ich glaube, man könnte ihn getrost als Künstler bezeichnen, wiewohl dieser Ausdruck inzwischen nichts mehr besagt, weshalb ich ihn auch nur ungern gebrauche. Ein Künstler, der von allem, was er schuf, sagte, es sei wertlos und solle vernichtet werden. Seine Zeichenhefte hat er, wenn ich mich recht erinnere, in die Donau geworfen. Darin befanden sich vollkommene – miniaturisierte, aber vollkommene – Kopien von Ingres, Moreau, Blake und anderen Malern, deren Arbeiten ich in Kunstgeschichtsbüchern gesehen hatte. (Wir besaßen zu Hause eine größere Anzahl solcher Werke wie auch die Diapositive der Arbeiteruniversität »Radivoje Ćirpanov« mit einer Auswahl aus den Sammlungen der berühmteren Museen.) Seine Aufzeichnungen, das heißt das, was von ihnen übriggeblieben ist, sind jetzt hier. Ich bin im Besitz von nur einem der fünf oder sechs Hefte, nämlich demjenigen, das ich entwenden konnte, als meine Mutter beschloß, es sei wieder einmal an der Zeit, die Wohnung neu zu streichen, und dabei den ganzen Kram meines Bruders ins Vorzimmer stellte. Auf dem Umschlag stand geschrieben: *Essays der okkulten Anatomie*. Als ich ihn fragte, weshalb er nicht versuche, seine Aufsätze zu veröffentlichen – ich hatte nur eines der Hefte durchgeblättert, und das auch nur oberflächlich, und doch war ich fest davon überzeugt, daß es sich um etwas Kolossales handelte –, winkte er nur ab. »Wenn Brod auf Kafka gehört hätte …«, sagte ich, doch schon hatte er mich unterbrochen. »Denkst du an eine Mieze«, sagte er, »landest du bei Nietzsche.« Ich erinnere mich genau an dieses Gespräch. Wir standen am Ende der Brücke, auf der Plattform über dem Tunnel, und rauchten Gras, das wir im kleinen Wäldchen am Rand zum Kamenicki-Park gezüchtet hatten, wohin sich nur streunende Hunde und Amateurbotaniker wagten. Der Abend war warm, klebrig und feucht. Orangefarbene Aureolen umgaben die Laternen auf der Brücke. Diese Aureolen erschienen mir komisch oder eher tragisch, ich bin mir da nicht mehr sicher; als wären es Schutzengel, die den Auftrag erhalten hatten, ein Modell der Welt zu bewachen, eine von ihrem Schöpfer längst aufgegebene klägliche Konstruktion, die aber, getragen von der stumpfsinnigen Trägheit der Materie, unendlich weitertreibt. Ich wünschte, sagte ich ihm, ich könnte bei null anfangen. Ich wurde das Gefühl nicht los, in einem entscheidenden Augenblick einen falschen Zug getan zu haben und mich nun auf einem Pfad zu befinden, der mich unerbittlich tiefer und tiefer in Schlamm und Schmutz versinken ließ. So fühlte ich mich oft: voller Verlangen nach einem Neubeginn der ganzen Geschichte, danach, den abgenutzten Deckel des Lebensbuchs zuzuklappen und in eine andere Wirklichkeit überzugehen. Mein Bruder behauptete, daß sich die ganze Geschichte in der Wirklichkeit abspielte, die aber keine sei; daß nichts Anfang oder Ende besäße; daß es Theorien gebe, die behaupteten, jede Entscheidung, jeder Gedanke erzeuge Myriaden von neuen Wirklichkeiten und Parallelwelten, in denen alternative Möglichkeiten entstünden. »Jeder Moment«, sagte er, »enthält in sich unendlich viele Welten, und deshalb gibt es keinen Anfang und auch kein Ende, außer in den Märchen der Pfaffen und Physiker. Schau dir nur mal all die Doktorarbeiten an, die Monographien – die ganzen wissenschaftlichen Institute, Mann! –, die Religionen und Philosophien, die sich bemühen, dem eine kohärente Form zu geben, was nur der amorphe Dunst der Möglichkeiten ist.« Das hat mir gefallen. Ich stellte mir vor, ich träte aus mir selbst heraus und irrte durch die Leere des Universums in einem leichten, durchsichtigen Körper, der sich mit jedem Schritt teilte, neu entstand und wieder verweht wurde, wie der Atem im Winter. Ein erdfarbener Hund mit Kojotenschnauze streckte den Kopf aus dem Gestrüpp und blickte uns gleichgültig an. Er schnupperte vorsichtig in die Luft, hob das Bein und markierte den nächstliegenden Strauch als sein unveräußerliches Territorium und humpelte dann davon in Richtung Park. Bevor er im Halbdunkel verschwand, drehte er sich zu uns um und sah uns noch einmal an. Mein Bruder folgte ihm. Ich weiß nicht, wieso. Ich kann es nicht erklären. Wir irrten lange (zumindest schien mir das so) schweigend durch den Park, bis wir endlich das Heiligtum der Säufer erreichten, die, von einem dringenden Bedürfnis getrieben, die Brückentreppe hinabeilten, um dort unten mit einem Ausdruck universeller Erleichterung zu pinkeln, bevor sie ihre Odyssee fortsetzten. Genauso plötzlich, wie er dem Hund nachgelaufen war, blieb mein Bruder jetzt stehen und starrte auf den Weg. Er bückte sich und hob einen toten Spatz auf. Er sah mich an. Es schien mir, als füllten sich seine Augen mit Tränen, aber vielleicht war das nur der Widerschein der orangefarbenen Aureolen. Er drückte den Spatz an seine Brust. »Herr Jesus Christus, erbarme Dich meiner«, flüsterte er, »Sohn Gottes, erbarme Dich meiner, Herr …« Er lief in Richtung Brücke, zunächst langsam, dann immer schneller, bis ich ihn nicht mehr einholen konnte. (Er war schon immer der bessere Läufer gewesen.) Als ich auf der Brücke anlangte und stehenblieb, um Atem zu schöpfen, sah ich ihn in Richtung Stadt weiterrennen. Ich lief eine Zeitlang durch die leeren Straßen, den Boulevard der Befreiung hinab und den Boulevard der Jugoslawischen Antifaschistischen Versammlung; ich kam an einer Buchhandlung und dem Justizpalast vorbei und gelangte schließlich auf den riesigen Platz vor dem »Spens«, dem Sport- und Einkaufszentrum. Die Boulevards, die Straßen und Plätze waren vielleicht gar nicht alle menschenleer, aber das ist der Eindruck, den ich mitgenommen habe. Falls ich an jenem Abend jemandem begegnet bin, so sehe ich heute davon nur noch bleiche Silhouetten oder unsichere Schemen, die durch ihre eigenen Bewegungen im Verschwommenen eines überbelichteten Bildes aufgegangen sind. Ich rauchte eine Zigarette auf der Treppe des Sport- und Einkaufszentrums und ging weiter zum Liman-Viertel. Zu Hause trank ich zwei oder drei Gläser Wasser. Als ich mich hinlegte, konnte ich aus dem Zimmer meines Bruders nur unruhige Schritte hören. Ich horchte eine Weile lang auf dieses Geräusch und klopfte dann gegen die Wand, die unsere Zimmer trennte. (Unser Zeichen,

Einladung zum Gespräch.) Die Schritte hielten für einen Augenblick inne, gingen dann aber weiter. Am nächsten Morgen würde ich ihm sagen, daß es sich angehört habe wie ein Puma im Käfig; das war, wenn ich mich recht entsinne, das letzte, was ich dachte, bevor ich einschlief. Es läßt sich nicht mit Sicherheit sagen, wann er das Haus verließ. Ich wußte es damals nicht – daß er weggehen würde –, obwohl diese Möglichkeit, so scheint es mir heute, immer in der Luft gelegen hatte. Er machte den Eindruck, als sei er nur für einen kurzen Besuch bei uns. Vielleicht sehe ich das auch nur jetzt so, vielleicht handelt es sich um eine optische Illusion, um eine Täuschung aus der Rückschau. Wie dem auch sei, er hat uns einfach verlassen. Sein Weggehen brachte uns zunächst näher, meine Mutter, meinen Vater und mich, als müßten wir uns, einem unbekannten Gesetz der Erhaltung der Familienenergie gehorchend, verdichten, uns zusammenziehen. Doch diese Kontraktion erreichte bald ihren kritischen Punkt und verwandelte sich in eine nicht aufzuhaltende Spaltung. Jetzt erscheint es mir wie der Urknall in Zeitlupe, der uns im Universum verstreuen sollte, wie ein Neujahrsfeuerwerk, nein, wie ein Flohmarkt, über den der Sturm hinweggefegt ist und das Gerümpel der Erinnerungen in alle

Winde zerstreut hat. Ich will nicht auf die Details der Untersuchung eingehen, die nun folgte, noch mich ausbreiten über die unangenehmen Anrufe der Militärbehörden und die immer häufiger werdenden Besuche professioneller Dumpfköpfe, denen die elementare Tatsache nicht klarzumachen war, daß, wenn eine Person *verschwindet*, diese *verschwundene* Person normalerweise, das ist statistisch erwiesen, nicht bereit ist, plötzlich wieder aufzutauchen, nur um ein siebentägiges Biwak mit einer Horde besoffener Reservisten nicht zu versäumen, die ein paar Jahre später, bei ähnlicher Gelegenheit, getötet oder verstümmelt werden oder den Rest ihrer Tage mit chronischem Durchfall und Schlaflosigkeit zubringen. Darauf möchte ich, wie gesagt, nicht weiter eingehen. Das ist nicht meine Sache, nicht meine, wenn ich so sagen darf, Wirklichkeit, denn auch ich bin bald darauf weggegangen und entkam damit einem schmerzlichen Kapitel der an schmerzlichen Kapiteln nicht gerade armen serbischen Geschichte. Ich nahm einen Job im Zentrum für Humansimulation an (das ist die Firma, für die ich heute noch arbeite; ich hatte ihren Vertreter einen Sommer zuvor in Dubrovnik kennengelernt). Ich erhielt ein Visum und ein Flugticket, und – um es einfach zu sagen – die Sache war gegessen. Ich mußte nur noch die Militärbehörde aufsuchen und diesen Typen, die zu uns in die Wohnung kamen, dort Kaffee und Aprikosenschnaps in sich hineinschütteten und meinen Eltern das Herz zerrissen, indem sie pausenlos von dem unersetzlichen Verlust schwafelten, den das Verschwinden ihres Sohnes für unsere *allgemeine Volksverteidigung* und, nicht zu vergessen, den *zivilen Selbstschutz* darstellte, diesen gleichen Typen also erklären, daß ich das Land verlassen würde; und meine Eltern über diese Entscheidung in Kenntnis setzen. Eines Morgens, ein paar Wochen nach dem Verschwinden meines Bruders, zog ich ein Paar seiner Schuhe aus der Abstellkammer hervor. Meine Mutter hatte sie dort ordentlich aufgeräumt, als hätte mein Bruder jeden Augenblick wieder auftauchen können, mit der Erklärung, er habe nur einen kurzen Sprung nach Subotica zu einem Schachturnier gemacht. Weshalb nahm ich seine Schuhe? Es schien mir, glaube ich, als würde ich mich in ihnen sicherer fühlen; auch wenn sie mir eine ganze oder eine halbe Nummer zu groß waren. Seufzend, als spräche sie zu sich selbst und nicht zu mir, sagte meine Mutter: Schon wieder diese alten Latschen. Das sind echte Spencer Turnschuhe, korrigierte ich. Wüstenkähne, sagte mein Vater, so nannte man das zu meiner Zeit. Sie saßen in der

Küche und tranken den ersten Morgenkaffee aus kleinen Täßchen, die sie noch im fernen Jahr 1976 in Bratislava gekauft hatten. Eine einzige Glühbirne brannte, nämlich die der Dunstabzugshaube, keine Ahnung, warum. Sie unterhielten sich leise, im Zigarettenrauch. Der bläuliche Dunst verlieh ihnen das Aussehen von Verschwörern, von Anführern einer Widerstandsbewegung, die sich in der Ecke eines Bahnhofscafés treffen, um sich ein letztes Mal Lebewohl zu sagen. Ich glaube, sie sprachen von mir. So sahen sie nur aus, wenn sie über mich oder meinen Bruder redeten, aber ich glaube, daß sie meinen Bruder damals bereits nicht mehr erwähnten; abgesehen vom resignierten Kopfschütteln meines Vaters dann und wann. Möglich, daß mir das Gedächtnis einen Streich spielt, aber mir erscheint heute das flackernde Licht der Glühbirne, die überzogen war von einer Patina aus Rinderbrühen- und Gulaschdunst, ähnlich dem Flackern einer Petroleumleuchte oder dem Knistern eines Holzscheits, den man auf eine Feuerstelle geworfen hat. (Fürchterliches Wort: Feuerstelle. Es sollte mich vor allem an häusliche Wärme erinnern, an eine archetypische Flamme im Herd eines archetypischen Heimes, statt dessen läßt es mich an etwas Schauerliches denken.) Ich zog die Schuhe an und nahm einen Schluck Kaffee aus der Tasse meiner Mutter. Versehentlich verschüttete ich ein paar Tropfen auf dem Tischtuch. Ich stellte die Tasse wieder auf die Untertasse zurück und blickte zum Einweckglas mit silbrigem Deckel, das Melonenkonfitüre enthielt. Aus einem bestimmten Winkel betrachtet, leuchtete sie wie Bernstein. Als Kind hatte ich mich einmal so an diesem leuchtenden Bernstein übergessen, daß mir heute noch übel wird beim bloßen Gedanken an Bernstein, an Wassermelonen oder kleine Glasgefäße mit silbrigem Deckel. Ich hörte mich selbst sagen: Ich gehe nach Kanada. Meine Mutter blieb still. Mein Vater griff nach seiner Tasse und führte sie zu den Lippen, ruckartig; bestimmt hat er den Satz mitgeschluckt. Als er zu sprechen begann, schien sein Mund kleiner als sonst. Das ist intelligent, hat er gesagt. Meine Mutter hat ihn angesehen, aber kein Wort gesagt. Ich nahm die Papiere, die ich brauchen würde, aus meinem Zimmer, steckte sie in den Rucksack und ging zur Militärbehörde. Ich war entschlossen, im Gespräch mit dem Beamten von jedem Argument, jedem Sophismus und jedem logischen Trick aus dem beachtlichen Vorrat an Sophismen und Tricks, die ich meinem Bruder abgeschaut hatte, Gebrauch zu machen, als stünde zwischen mir und den fruchtbaren Gärten des gelobten Landes ein mythisches

Ungeheuer, verkleidet als Referent der Landesverteidigung bei der Gemeinde Liman. Schon lange zuvor hatte ich meinem Bruder von meinen Träumereien erzählt: von meinem Traum, wegzugehen – um noch mal den kitschigen Ausdruck von damals zu verwenden – ins Herz der Welt. »Weißt du«, hat er gesagt, »die Welt hat kein Herz. Die Welt ist kein Körper. Und selbst wenn sie einer wäre, würdest du instinktiv ins Arschloch gelangen. Denn, vergiß nicht, du bist ein Mistkäfer.« Er hatte die Begabung, gleich auf den Punkt zu kommen. Als ich endlich auf der Behörde war, hatte sich der griechische Held meiner Phantasie in eine Kafkasche Kakerlake verwandelt. Ich setzte mich auf einen Stuhl und blickte völlig vernichtet auf den tintenfleckigen Spannteppich unter mir. »Ich bringe das Dienstbüchlein zurück. Ich ziehe ins Ausland.« Mehr brachte ich nicht hervor. Ich erwartete, daß ich zu hören bekäme, die ganze Stadt sei eine Bande von Simulanten, erwartete, daß die Wände wakkeln würden von der Tirade über innere und äußere Feinde, daß ich zu einem zweifelhaften Verhör verdonnert würde, weitere Dokumente liefern müßte und einen Schwall von löslichem Instantpatriotismus verabreicht bekäme. Der Ärmelschonerträger würdigte mich keines Blickes. Er wollte nicht einmal die von mir so sorgsam vorbereiteten Papiere in Augenschein nehmen; nichts. Er drückte seinen Stempel auf ein x-mal fotokopiertes Formular aus x-fach recycletem Altpapier, setzte seine Unterschrift darunter und sagte, Sie haben sieben Tage Zeit, Ihre Ausrüstung der Sieben-Tage-Grundausbildung zurückzugeben. Ich hätte ihm ebensogut eine komplett erfundene Geschichte auftischen können. Was für eine Schlamperei, dachte ich. Für die Trägheit und Gleichgültigkeit dieser früher so pflichtbewußten Beamten gab es nur eine einzige Erklärung, und dem Rat des sehr erfahrenen Sherlock Holmes folgend, blieb mir nichts anderes übrig, als sie zu akzeptieren, so paradox sie auch scheinen mochte: Mein Bruder mußte tatsächlich ein Stützpfeiler der allgemeinen Volksverteidigung und des zivilen Selbstschutzes gewesen sein. Mit seinem Weggang begann dieser Turm von Babel in sich zusammenzustürzen wie ein Kartenhaus. Vielleicht wäre er nicht einverstanden mit mir – oder vielleicht doch, ich bin mir nicht sicher –, aber ich finde den Preis dafür, den Verlust eines Bruders, zu hoch. Ein Notizheft und eine Schachtel voll Asche: das ist alles, was ich am Morgen des zwölften Dezember des Jahres zweitausend, obschon diesem Datum keine besondere Bedeutung beizumessen ist, als die Überreste seines materiellen Seins betrachten konnte. Früher besaß ich noch Fotos von ihm, aber die sind, so kann man sagen, für immer verloren. Vor meiner Abreise hatte meine Mutter sie für mich in ein kleines Album mit dunkelrotem Umschlag eingeklebt. Darin war Platz für gut zwanzig Fotos, nicht mehr. Unter jedem von ihnen stand feinsäuberlich der Ort und das ungefähre Datum. Beispielsweise *Crkvenica, Sommer 1978*. Mein Vater verzieht darauf das Gesicht (Sonne und Strand mochte er nicht). Meine Mutter schirmt die Augen mit der Hand ab wie Winnetou und schaut in die Ferne. Sobald man sie vor ein Objektiv stellt, blickt sie in die Ferne. Neben ihnen stehen zwei Jungen. Der eine dick, verschwitzt und blondhaarig, durch das Zusammenspiel von Licht und Chemie für alle Ewigkeit gebannt mit einer Hühnerkeule in der Hand. Das bin ich. Der andere, dunkelblond und blaß, schaut zur Seite, ein beleidigter Elfjähriger, unzufrieden, weil er für einen Moment die Lektüre eines gewaltigen Buches unterbrechen mußte, das wir neben ihm erkennen können. Hinter jede dieser Fotografien hatte meine Mutter, ohne mir etwas davon zu sagen (und mein Vater wußte auch nichts davon, glaube ich), einen Hundertmarkschein gesteckt und mich dergestalt in einen gefährlichen Schmuggler verwandelt. Der schnauzbärtige Zollbeamte auf dem Belgrader Flughafen warf einen Blick in meinen Paß und klappte ihn dann wortlos wieder zu. Darin mußte eine Botschaft gestanden haben, geschrieben mit nur dem Zollbeamten sichtbarer Tinte, denn gleich darauf langte er in meinen Rucksack und holte das Fotoalbum hervor. Er blätterte es sorgfältig durch, schüttelte es aus und hob dann mit dem langen, dreckigen Nagel des kleinen Fingers seiner rechten Hand – ich hatte mich schon immer gefragt, wozu solche Mandarinnägel gut sein sollten – das Transparentpapier an, unter der sich die *Novi Sad, Winter 1980* betitelte Aufnahme befand. Er schob seinen Finger unter das Foto und lachte. Ich lachte auch. Es schien mir, als hätten wir einen gemeinsamen Nenner gefunden, vielleicht sammelte auch seine Mutter Fotos in kleinen dunkelroten Alben und beschriftete sie mit den Koordinaten von Raum und Zeit. Deshalb war ich ganz baff, als er das Fotoalbum in seine Tasche steckte. Mit der anderen Hand gab er mir den Paß zurück, jetzt ohne überflüssiges Lächeln. »Ab!« sagte er. Ich suchte meine Mutter mit den Augen, sie aber weinte und konnte mich nicht mehr sehen. Nachdem mein Bruder verschwunden war, hatte sie angefangen, mit Kosmetik zu übertreiben. Sie schminkte sich mit einer Art morbidem Enthusiasmus, so daß ihr Gesicht, wenn sie weinte, was häufig geschah, voller schwarzer Wimperntuscheflecken war, die sich mit dem Rouge, dem beigen Puder und dem elfenbeinfarbenen Make-up vermischten. Als ich sie anschaute, damals, auf dem Flughafen, sah sie aus, als löse sie sich in ihren eigenen Tränen auf und verschwinde wie ein Aquarell oder eine Gouache im Regen; ein ebenso grotesker wie trauriger Anblick. Mein Vater winkte mir zu, und dann war ich auch schon weg. Ich hätte ihnen schreiben und sie bitten können, mir noch weitere Fotos zu schicken. Doch als ich sie das erstemal anrief – es waren nicht mehr als zwei Tage seit meiner Abreise vergangen –, schlief mein Vater, und meine Mutter sagte, »wir« sollten auf das Album »gut achtgeben«, denn darin befänden sich ihre gesamten Devisenersparnisse. Ich brauchte einige Zeit, bis ich kapierte, wovon sie sprach. Ich wußte es erst, nachdem ich eine Schachtel Pralinen aufgemacht und darin zwei Banknoten mit dem Konterfei des Mathematikers Gauß gefunden hatte. Natürlich konnte ich ihr nichts erzählen von dem schnauzbärtigen Zollbeamten auf dem Flughafen. Wer weiß, ob sie mich überhaupt verstanden hätte. Denn das Telefongespräch mit ihr war geprägt von einem scheinbar unbedeutenden Fehler: Paßt darauf auf, sagte sie, ihr könntet es brauchen. Warum der Plural? Zuerst dachte ich, es handle sich um einen Lapsus, aber der Fehler wiederholte sich mehrmals. Später erzählte mir mein Vater, daß es ihr gelungen sei, sich selbst davon zu überzeugen, mein Bruder und ich seien zusammen abgereist. Er sagte mir das mit der Stimme eines Nachrichtensprechers, der gerade die Hochwasserzahlen durchgibt. Ich fragte mich, wie lange ich eine solche Illusion aufrechterhalten könnte? Ein Jahr? Zwei? Sicherlich nicht zehn, elf oder zwölf Jahre lang. In Anbetracht der Tatsache, daß wir schweigend übereingekommen waren, einmal pro Woche zu telefonieren, manchmal auch öfter, würde das bedeuten, daß ich mir mindestens sechshundertmal eine Ausrede einfallen lassen müßte, wieso mein Bruder gerade nicht da sei, warum er sich nie melde, nie schreibe, ja warum er gar nicht mehr existiere außer in der Fata Morgana, die meine Mutter für sich fabriziert hatte. Ihre Phantasie hatte eine Festung errichtet, in deren Katakomben kein Licht mehr vorzudringen vermochte. Kurz darauf verfiel mein Vater in ein Gefühlskoma, aus dem ihn, kurzfristig, nur Whisky und Calvados erwecken konnten; und in solchen Momenten ließ sich mit ihm ausschließlich über Schopenhauer reden. So blieb ich am Ende ohne Fotos meines Bruders. Sogar sein Notizheft, dasjenige, das ich gestohlen hatte (ich zog es jedoch vor, diesen Diebstahl als Rettung oder Bergung zu betrachten), erlitt irreparable Schäden. Schuld daran war nicht der sprichwörtlich leistungsfreudige Zahn der Zeit, sondern die Tatsache, daß mich meine Frau vor einigen Jahren davon überzeugte, unser Leben wäre sinnlos, wenn wir es ohne einen Hund im Haus fortsetzten. Ohne zwei oder drei Hunde, fügte sie hinzu. Wir einigten uns darauf, es zuerst einmal mit einem zu versuchen. An ihrem Geburtstag fuhren wir zu einer Hundezucht, wo wir einen Welpen aussuchten, der mehr an einen Plüschteddybären erinnerte als an sonst irgendwas, sich aber bald in etwas Fuchsartiges verwandelte. Als die ersten Zähne kamen, zerriß Phoebe, »unsere gute alte Phoebe« – wobei sie dem natürlichen Bedürfnis eines jungen Hundes nachkam, mit dem Kauen von allem und jedem die Festigung des Zahnfleischs anzuregen –, einen Großteil der Bücher der untersten Regalreihe im Wohnzimmer. Ich trauerte nicht besonders um Gordons *Geschichte der Medizin* noch um den ersten Band von Donald E. Knuths *Kunst des Programmierens* oder den Roman *Unter Deck* – amerikanische Ausgabe – und erst recht nicht um das Meisterwerk eines Autorenteams, *Zehn Geheimnisse des krea-*

tiven Schreibens: Wie man damit reich wird. Ich regte mich auch nicht auf wegen Petersons *Keramik heute.* Das alles war leicht zu ersetzen. Als ich aber in dem zerfetzten Haufen Blätter aus dem Notizheft meines Bruders entdeckte, zitterte meine Hand doch einen Augenblick lang. Ich gestehe, daß ich den Text nie ganz gelesen hatte. Ich sparte das für einen besonderen Tag auf, einen immer wieder vertagten Tag, einen Tag, beinahe identisch diesem heutigen zwölften Dezember, an dem die Dinge aber vielleicht doch nicht ganz so weit gehen würden und der die endgültige Lösung bringen würde … Von was? Ich weiß es nicht. Eine Art endgültiger Lösung; belassen wir es dabei. Von Zeit zu Zeit öffnete ich das Heft und las ein oder zwei Absätze, nie aber, wie gesagt, hatte ich den Text von Anfang bis Ende durchgelesen; als hätte ich Angst, er könnte mich enttäuschen, als könnte sich nach all den Jahren geduldigen Wartens herausstellen, daß mein Bruder jemand ganz anderes gewesen war als das unverstandene Genie, das in meinen Erinnerungen herumspukt. Ich hob eines der zerkauten Blätter auf, noch feucht vom Speichel; es war nicht zu entziffern. Man konnte also meines Bruders Sudelbuch jetzt nur noch ab Seite drei unten oder Seite sieben unten lesen, keine Ahnung, so daß es jetzt ohne

Anfang beginnt und ohne jegliche Einführung direkt in medias res landet: »als Optimus Maximus die schwangere Titanin verspeist hatte, gebar sein krankes Haupt Athene, und dies unter solchen Schmerzen und solchem Geschrei, daß der Schmied Hephaistos beim Kaiserschnitt zur Hand gehen mußte, bis diese Riesin, erwachsen geboren und mit Helm und Speer, endlich von ihrem Vater getrennt war. Wie ein Krebsgeschwür, modelliert aus der Hirnmasse des Skulpteurs …« Zeus' perverse Metamorphosen – Leonardo zeigt ihn uns als Ledas Schwan (zärtlich und folgsam, aber erst nachdem die Dame willig war, sein Ei auszubrüten), bei Ingres hingegen erscheint er als arroganter Oger, dem sich die Mutter Achills ebenso unterwürfig wie schamlos feilbietet (ihr Ellbogen ruht zwischen Zeus Beinen und berührt flüchtig und wie zufällig die angeschwollenen Hoden des Göttergottes) –, diese Metamorphosen machten meinem Bruder also offensichtlich aus irgendeinem Grund angst. Als Kind erlaubte er nicht, das Licht auszuschalten, wenn es am Abend gedonnert hatte, als wäre eine Sechzig-Watt-Glühbirne in der Lage, die Pläne von Jupiter selbst zu vereiteln. Vielleicht versuchte mein Bruder deshalb, diesem Mythos in seinen Notizen auf die Spur zu kommen. Ich werde jedoch nie wissen, was er geschrieben hat, denn diesem Abschnitt folgen einige unleserliche Seiten, die zwar nicht zerrissen, aber gut durchgekaut sind. Außer ein paar tintenblauen Wölkchen läßt sich darauf nichts mehr erkennen. Hie und da findet sich auf den Seiten ein Tropfen getrockneten Blutes, die rote Spur der erfolgreich verlaufenen Extraktion eines Milchzahns. Darauf folgt ein längerer Abschnitt, den ich nie gelesen hatte. Eines Tages (schreibt er) baute Athene eine Doppelflöte. Sie setzte sie an den Mund und versuchte, etwas zu spielen. Offensichtlich meinte sie, das würde ihr hervorragend zu Gesicht stehen. Weshalb sonst hätte sie ihr Spiegelbild bewundert, während sie in die Flöte blies? Diese eitle Idee erwies sich als Fehlkalkulation. Ihr Gesicht, verzerrt von der Anstrengung, dem primitiven Instrument eine Melodie zu entlocken, sah häßlich und alt aus. So warf sie die Flöte weg und ging ihres Weges. Der Satyr Marsias fand die Flöte. Dieser Marsias war, wie alle Satyrn, ein Ausbund an Scheußlichkeit. Spiegel interessierten ihn nicht, denn er verstand es, sich sein Vergnügen auch mit geschlossenen Augen zu besorgen. Er hatte gelernt, auf der Flöte zu spielen, und gab damit bei den Nymphen an. Nymphen und Nymphlein – behauptete mein Bruder, noch bevor er die Punkgruppe verließ, die unter dem Namen *Koprokoffief* knatterte – kümmern sich nicht um die Qualität der Musik, sondern ernähren sich von der Leidenschaft des Musikers. Des Satyrs Dudelei war eine Beleidigung für göttliche Ohren, und so kam es, daß Apollon persönlich, Gott der Vernunft und Meister der Lyra, pythischer Heiler und Seher, sich der Sache annehmen mußte. Vor allem störte ihn, daß Marsias damit prahlte, besser als er zu spielen, und daß er sich über den Gott lustig machte und ihn die »brabbelnde Lyra« nannte. Hochmut und Selbstgefälligkeit waren Apollon sicherlich nicht fremd, doch ertrug er sie nur schlecht bei anderen. Man vereinbarte einen Wettkampf. Der Sieger würde mit dem Unterlegenen nach Belieben verfügen können. Die angeblich unparteiischen Musen sollten als Schiedsrichter fungieren. Nach den heutigen Kriterien des Fair play könnte man vielleicht sagen, das Duell endete unentschieden. Aber diese Kriterien (behauptete mein Bruder) sind erst im Zeitalter der Romantik aufgekommen, so daß wir uns nicht darüber wundern dürfen, daß Apollon im letzten Augenblick die Erlaubnis erhielt, in die Verlängerung zu gehen. An dieser Textstelle folgt eine längere Meditation über die Ereignisse während einer der Fußballweltmeisterschaften. (Mein Bruder verwendete häufig Fußballmetaphern. Die Philosophie, sagte er, als er dieses Fach noch belegte, ist wie Fußball, nur daß man nie ein Tor schießt. »Vico ...«, schrie er, den hysterischen Stimmfall der Sportmoderatoren nachäffend, »ein langer Vorwärtspaß zu Hegel ... ein meisterlicher Zug des internationalen Italieners ... Hegel dribbelt ... Schelling, immer zuverlässig, übernimmt den Ball ... Hegel dribbelt weiter *ins Leere*! ... Der versierte Marx übernimmt die Verteidigung ... Schelling wird brutal gestoppt. Freistoß Fichte. Plechanow ganz allein im linken Spielfeld ... die Brüder Schlegel kombinieren ohne Ende ... von hinten tauchen plötzlich Parmenides und Kusanski auf, ein phantastischer Vorstoß in den Sechzehnmeterraum, was für eine Chance, uuuuund ... Abseits!«) Also nicht nur, daß man ihm erlaubte, gegen einen ganz gewöhnlichen Satyrn in die Verlängerung zu gehen, was laut Interpretation meines Bruders bedeutete, daß Apollon das Duell verloren hatte – denn, so schrieb er, wenn ein Gott Nachspielzeit braucht, was heißt das dann für die Welt? –, sondern darüber hinaus erlaubte man ihm auch noch, die Spielregeln zu ändern. Apollon dreht also seine Lyra auf den Kopf »wie Hendrix«. Eine Flöte, insbesondere eine Doppelflöte in Form eines lateinischen V, läßt sich jedoch nicht »verkehrt herum« spielen. Marsias ist am Ende. Apollon fesselt ihn an einen Baum, mit dem Kopf nach unten (wegen der Symmetrie), und häutet ihn bei lebendigem Leibe. Wieso tat er gerade das? Weshalb zog er ihm nicht einfach die Ohren lang, wie er es mit anderen in ähnlicher Situation getan hatte? Apollon, schreibt mein Bruder, ist der Prototyp des Anatomen. Es sei keineswegs ein Zufall (meint er, denn für ihn existierten keine Zufälle, es sei denn als Ausdruck einer höheren, für uns aleatorischen Ordnung), daß dieses Duell seinen Anfang in der Hoffahrt der Athene nahm, die als Schutzgöttin der Chirurgen gilt; es ist keineswegs ein Zufall, daß die aztekischen Krieger die Herzen ihrer Gefangenen herausrissen und sie dem Sonnengott als Opfer darbrachten; daß Zeus den Sohn Apollons, den Freund der Menschen, in eine Schlange verwandelte, die das Wahrzeichen der Ärzte ziert, eine Schlange, wie es jener von Apollon getötete Python war – weshalb ihn gewisse Leute mit Christus vergleichen –, der er die Gabe der Vorsehung abnahm. Marsias jedoch wurde nicht sofort getötet, sondern der Gott hat ihn *lebendig* (im Text unterstrichen) gehäutet. Er wollte das Geheimnis des Lebens erforschen, das Spiel der unvorhersehbaren Leidenschaften, die sich im haarigen Fleischberg des Satyrs verbargen. Das war also die erste Vivisektion. Apollon träumte den Traum eines jeden Anatomen. In deren Lehrbüchern geistern überall die enthäuteten Körper der Sterblichen herum, spazieren daher und stellen ihre Eingeweide zur Schau, wie kleine Mädchen in weißen Söckchen, die ihre karierten Röckchen lüpfen. Doch hinter all diesen Bildtafeln mit ziegelfarbenen Muskeln und Venen so blau wie französisches Ultramarin verbirgt sich die Schande Apollons über das ungerechtfertigt gewonnene Duell. Die Mythologie meines Bruders entfernt sich hier von der Tradition. Bei Ovid, *Metamorphosen*, sechstes Buch, Vers 385–400 – ich erinnere mich daran, weil mein Bruder diese Verse im Rahmen seiner Abiturarbeit ins Serbische übersetzte, worauf meine Mutter unerträglich stolz gewesen war –, können wir folgende Szene lesen: Marsias schreit flehentlich: »Was entreißt du mich mir selbst? Ach, wie es mich doch gereut!« und so weiter. Apollon aber setzt seine Arbeit fort, bis vom Satyrn nur noch eine einzige Wunde übrig ist. Marsias' Blut war überall verspritzt, sagt Ovid, seine Nerven lagen bloß und ungeschützt den Blikken ausgesetzt, und die freigelegten Venen pulsierten ohne das sie schützende Gewebe. Man konnte sogar (denn Apollon ist auch der Gott der Mathematik) seine zuckenden Organe zählen, die Lunge in der Brust arbeiten sehen. Mein Bruder war diesbezüglich anderer Meinung. »Ovid schwafelt daher. Jedes Sezieren ist ein Mord. Vom Satyrn ist nichts mehr übrig. In den Augen Apollons, in denen eines jeden anderen ist er nichts als eine offene Wunde. Er hätte ihn zerschneiden und unendlich zerteilen können, ohne irgend etwas von dem lüsternen Energiebolzen zu finden, den er zu sehen begehrte. Das Leben entgleitet Apollon immer, wie ihm auch Daphne entglitt. Wenn es ihm gelingt, es festzuhalten, ist es kein menschliches Leben mehr; so wie Daphne, als er sie endlich erreicht, nicht mehr Daphne ist, sondern ein Baum.« Der entscheidende Moment der Geschichte liegt für meinen Bruder darin, daß nicht einmal Ovid behauptet, Apollon sei es gelungen, Marsias' Herz zu sehen. Für ihn (ich meine meinen Bruder) war das Herz ein unterirdischer Fluß, dessen Verlauf notwendigerweise der auch nur relativen Ordnung und Passivität der Sprache und des Verstandes verborgen bleibt. Ich ahnte, daß dies der Sinn der vereinzelten Bemerkungen sein mußte, die nach der Geschichte von Apollon und dem Satyrn folgten. Er zitiert Rumi: »Die Sprache erreicht nicht den, der in dir lebt.« Er erwähnt, daß Galilei die Bewegungen des Pendels zunächst an seinem Herzschlag maß und erst danach den

Prozeß umkehrte und seinen Puls mit den Schwingungen des Pendels verglich. Er zitiert Schelling, Tschuang-Tse und einen Haufen anderer Denker, deren Namen mir damals nichts sagten. Ich fühlte mich müde, ausgelaugt. Aber selbst diese Müdigkeit, so scheint mir, war nostalgischer Natur. Es war dies die gleiche Erschöpfung, wie ich sie nach den Gesprächen mit meinem Bruder empfand, wenn er ebenso geduldig wie vergeblich versuchte, mir die Theorien von der Ordnung im Chaos oder vom Wissen im Nichtwissen zu erklären. Ich legte mich auf den Boden, auf den Rücken, und legte das Notizheft beiseite. Phoebe näherte sich mir vorsichtig, immer noch unsicher, ob ich ihr verzeihen würde. Komm, sagte ich. Sie kam näher und schnupperte an meiner Hand. Rollte sich neben mir zusammen, blickte mich kleinlaut an und machte die Augen zu. Der Hund, sagt man, ist ein Gewohnheitstier. Am Morgen des zwölften Dezembers zweitausend – dieses Datum ist, wie gesagt, ohne weitere Bedeutung, es ist nur ein Leuchtturm, eine Illusion des Absoluten, ein Klingelzeichen, anhand dessen sich, in Ermangelung einer Stimmgabel, eine Gitarre stimmen läßt – also rollte sie sich auf die gleiche Art und Weise neben die Metallschachtel mit den Überresten meines Bruders. Sie schaute mich an, als hätte sie was ausgefressen, und machte die Augen zu. Vielleicht ist tatsächlich alles miteinander verbunden in einem untrennbaren Ganzen und dreht sich um sich selbst wie die ekstatischen Derwische, ein Ganzes, das sich uns nur in den Vexierspiegeln der Jahrmärkte zeigt und sich deshalb jeder Erklärung entzieht. Wie ihn das hätte jubeln lassen! Ich las die Pappkartonreste vom Boden auf und warf sie in den Müll. Ich nahm die Metallschachtel in die Hände, wußte aber nicht, was ich damit tun sollte. Ich stellte sie auf ein Tischchen im Arbeitszimmer. Ich warf einen Blick durch die Tür nebenan: Meine Frau schlief immer noch, ein Lächeln auf den Lippen. Es ist gut, dachte ich, daß sie schläft. Ich zog meinen Daunenparka mit dem erdfarbenen Pelzbesatz an. Ich ging hinaus und ließ den Motor an. Wie das Fell eines Kojoten, sagte ich mir, während ich das Eis von der Windschutzscheibe kratzte. Ich setzte mich in den Wagen, knöpfte die Jacke auf und zog den Brief heraus. Ich las ihn noch einmal durch und steckte ihn dann wieder in die Tasche. Dampf stieg aus meinem Mund, formte sich und löste sich wieder auf, formte sich und löste sich vor meinen Augen wieder auf.

Largo cantabile

Die Sonne stand tief. Eine gläserne Schicht bedeckte die Stromkabel, die unter dem Gewicht durchhingen, zu Boden gezogen wurden. Ich fuhr langsam und vorsichtig durch die Stadt. An mir zogen Bilder aus einer Weihnachtskartenwelt vorbei: im pseudokolonialen Stil erbaute kleine Holzhäuser, silbrige Tunnel aus eingefrorenen Ästen, glänzende Eisblumen an den Fenstern; die Schlittschuhbahn auf dem See im Stadtpark, der Fluß, von dessen Oberfläche weißlicher Dunst aufstieg, als atmete er. Die Autokolonne kroch langsam in Richtung verstopfter Hauptstraße. Die Stadt ist nicht groß – vergleichbar vielleicht mit Zrenjanin –, doch sind Staus hier nichts Ungewöhnliches. Im Winter kann man nur dann zu Fuß unterwegs sein, wenn man besondere Vorsichtsmaßnahmen trifft. Bei minus zwanzig Grad fühlt sich die Kälte zunächst frisch wie Menthol an, verwandelt sich aber bald in Schmerz; taub auf den Zähnen und Wangen, kratzig im Hals; die Verengung der Kapillaren wird als Kitzeln in der Nase und den Augen wahrgenommen; Rauhreif legt sich auf die Wimpern; schon ein kleiner Windzug genügt, um in wenigen Minuten Ohren und Fingerkuppen gefrieren zu lassen. Machen wir uns nichts vor: Als Puschkin sein berühmtes Gedicht *Frost und Sonne, welch herrlicher Tag* schrieb, saß er am Kamin, im Wams, mit einem Krug heißer Milch in Reichweite. Der gelbe Schulbus, der die Kinder in der Stadt verteilt, hielt kurz an, um einen neuen Fahrgast aufzunehmen. Das kleine Mädchen umarmte ihren Hund, einen schokoladefarbenen Labrador, als bräche sie zu einer Reise auf, von der sie, wie beide wohl fürchteten, nicht zurückkehren könnte. Der Wagen vor mir machte plötzlich einen scharfen Schlenker nach rechts, dann nach links, geriet ins Schleudern und schließlich außer Kontrolle. Der Fahrer versuchte zu bremsen. Eine instinktive, falsche Reaktion. Ich sehe den amerikanischen Straßenkreuzer auf den dreckigen Schneehaufen am Straßenrand zuschlittern. Trotz der komplizierten Technik, die das Fahrzeug enthält – Klimaanlage, Automatikgetriebe, GPS-Navigationssystem, ABS, elektronische Fensterscheiben –, driftet es in einem Winkel von fünfundvierzig Grad zur Fahrbahn hilflos weiter. Als ich auf die andere Straßenseite manövriere (wo sich gerade kein Auto befindet), fällt mir aus unbestimmtem Grund ein längst vergessenes Bild wieder ein, ein Bild, das also nicht vergessen, sondern nur verborgen war, wie eine Qualle, die lange durch die Abgründe des Bewußtseins schwebt und dann, angelockt durch irgendeinen Umstand, plötzlich an der Oberfläche auftaucht: das Bild eines Chinesen, der vom Rad fällt und dabei unverzagt lächelt. Damals wohnten wir noch auf dem Boulevard der Revolution, in einem mehrstöckigen Haus in der Nähe des katholischen Friedhofs. Es war Sommeranfang. Mein Bruder und ich saßen auf der Treppe des kleinen Supermarkts im Erdgeschoß des Gebäudes. Wir tranken trüben Pfirsichsaft und aßen Schokoladewaffeln. Auf der gegenüberliegenden Anlage fand ein Basketballturnier der örtlichen Werksportvereine statt. Nach der ersten Halbzeit zwischen *Jugowerkzeug* und *Triumph* stand es 3:1 für *Jugowerkzeug*. Unmittelbar nach Beginn der zweiten Halbzeit würde dann eine Bande von Rowdys, die hier im Viertel ihr Tätigkeitsfeld hatte, den Arbeitern Kleidung, Sporttaschen und Portemonnaies klauen; die Jungs würden über die Tribünen flitzen, zum Friedhof rennen und sich dann zerstreuen, noch bevor die im Wettkampffieber befindlichen

Spieler begreifen würden, was geschehen war. Wir mußten dieses gewohnte Spektakel mit ansehen, ohne uns etwas anmerken zu lassen, um nicht unangenehmen Fragen ausgesetzt zu sein. Nach einigen Minuten (ich glaube, die Schokoladewaffeln waren da bereits alle) überquerte einer der Gauner diskret und doch eilig den Boulevard, wie ein Londoner Banker, der statt einer Aktentasche und eines Schirmes einen Sportsack der Marke *Jasa* trug. Er blickte sich nur einmal um. Als er uns sah, blieb er für einen Moment auf der Fußgängerinsel stehen und drohte mit dem Zeigefinger; dann ging er über die Straße und schlüpfte durch die Gartenanlage des Thermalbads in den Park. Rekonvaleszente in Pantoffeln, gestreiften Pyjamas und verwaschenen Bademänteln rauchten ruhig, spielten Karten oder blätterten in, sagen wir mal, *Tempo* oder *Start*; sie bemerkten ihn nicht. Der zweite Plünderer der Arbeiterklasse war jünger und unerfahrener. Er lief den Radweg am Boulevard hinab, das Diebesgut in den Händen – zwei Paar Schuhe, einige Hemden, einen Soldatengürtel –, dabei mehr hinter sich als vor sich schauend. Mein Bruder gab mir einen Stoß in die Rippen. Aus der entgegengesetzten Richtung kam ein Chinese angeradelt. Er fuhr geradezu unwirklich langsam, mit einem Ausdruck mystischer Verklärung im Gesicht, als stelle jeder Tritt in die Pedale eine neue Herausforderung der Gesetze der Newtonschen Physik dar, die eine minuziöse, ästhetisch vollkommene Berechnung des Bewegungsablaufs verlangte, ganz so, wie sie im *Buch über das Gnomon und die Kreisläufe des Himmels* beschrieben war. (Dieser Vergleich ist nicht von mir, ich habe ihn meinem Bruder entlehnt. Ich weiß nicht einmal, was ein Gnomon ist.) Das ausgeklügelte Gleichgewicht seines Chi kam durch den Anblick eines gesichtslosen Läufers, der, Schuhe und Koppel in der Hand, ein paar Hemden gegen die Brust gepreßt hatte, ins Wanken. Einen kurzen Moment lang blickte er zur Lenkstange. Vielleicht auf der Suche nach einer Klingel, die sein Fahrrad aber nicht besaß – eine von meinem Bruder beleidigt zurückgewiesene Hypothese, über die wir später noch lange streiten sollten. Bruder Tiger hatte den Einklang mit dem Universum erreicht, sagte mein Bruder, und du glaubst, das hatte nur was mit dem Fehlen einer Scheißfahrradklingel zu tun. Auf jeden Fall hatte dieser eine Augenblick genügt, um die unbewußte Konzentration des Chinesen zu erschüttern, so wie man beim schnellen Treppensteigen erst dann aus dem Rhythmus gerät und das Gleichgewicht verliert, wenn man nach unten schaut, um nicht zu stolpern. Der Chinese ließ eine Umdrehung der Pedale aus und versuchte, von seiner Flugbahn abzuweichen. Doch geschah dies mit zu viel fernöstlicher Sanftheit. Die Räder streiften den Randstein. Die einen Augenblick zuvor noch erfolgreich außer Kraft gesetzten Gesetze der Mechanik gewannen wieder die Überhand. Doch was den Sturz, der jetzt unmittelbar folgte, ungewöhnlich machte, war nicht, daß damit – zumindest vorläufig – einer der Kleiderdiebe gestoppt wurde. Dies sollte erst einige Jahre später wirklich gelingen, als die Gauner ihre Nummer während eines Spiels zwischen dem *Haus der Gesundheit* und *Nafta-Gas* zu wiederholen versuchten, das wir, mein Bruder und ich, diesmal vom Fenster unserer Wohnung aus mitverfolgten. Bei *Nafta-Gas* spielte damals ein gewisser Lainovi im Mittelsturm – ein unbequemer Bursche, der später, nach Ausbruch des Krieges, für ganz andere Heldentaten berühmt werden sollte –, der bei dieser Gelegenheit die ganze Bande der Größe nach aufstellte und, angefeuert vom Applaus der Zuschauer, jeden einzelnen der Reihe nach verdrosch. Den Rest der Werksportspiele unseres Viertels durften unsere Meisterdiebe Bälle auflesen wie die netten blonden Jungs in Wimbledon. Doch kehren wir zurück zur offensichtlich nicht enden wollenden Fallstudie unseres Abkömmlings des Reiches der Mitte. Was nämlich diese physikalische Unabwendbarkeit einzigartig machte, war die Mischung aus Bescheidenheit und Stolz, die das Gesicht des Weisen, der sich gerade mit seinem Schicksal abgefunden hatte, zur Schau trug. Er hatte nicht versucht, den Sturz zu verhindern oder ihn abzufangen, etwa durch ein Loslassen der Lenkstange oder indem er die Füße von den Pedalen nahm. Er fiel langsam seitwärts, ganz so, als würde er schweben. Der Winkel zwischen dem Fahrrad und dem Asphalt verringerte sich zunehmend, sein Körper aber verharrte in der ursprünglichen, aufrechten Position und in vertikaler Linie zum Fahrrad: Die plötzliche Neigung des Horizonts schien ihn überhaupt nicht zu interessieren. Er lächelte selig, so daß man meinen konnte, er habe jahrelang nichts als diese Verdrehung von Raum und Zeit angestrebt. Später hat mein Bruder mir den Unterschied zwischen Zeit und Dauer anhand dieses Beispiels erklärt. Jetzt aber hatte ich ein anderes vor Augen: Der Straßenkreuzer schlitterte auf einen Haufen Schnee zu, den eigens dafür vorgesehene Spezialfahrzeuge von der Fahrbahn geräumt hatten. Der Fahrer hatte den Kampf aufgegeben, die glatte Unteilbarkeit des Augenblicks durch eine panische Handlung umzukehren. Die

Stoßstange rammte den dreckigweißen Haufen, von dem sich einige Schneeklumpen lösten. Die Spitze des Schneebergs bröckelte ab, Flocke um Flocke, Brocken um Brocken, und scheinbar lächerliche Rinnsale vereinigten bald ihre Kräfte, um sich in eine Lawine aus Schnee, Matsch und Hundekot zu verwandeln, eine Lawine, die mit einem dumpfen Geräusch auf Motorhaube und Windschutzscheibe niederging. Die hochempfindlichen Sensoren aktivierten sogleich die Airbags, die mit einer Geschwindigkeit von gut dreihundert Kilometer pro Stunde dem Fahrer entgegenschossen. Die weißen Ballone blähten sich auf und sackten dann wieder zusammen wie Kaugummiblasen. Ich blickte mich um. Die Frau im Wagen hinter mir hatte den Vorgang mitbekommen, und es war ihr, wie auch mir, gelungen, sich auf die gegenüberliegende Fahrspur zu retten. Hinter ihr folgte ein büchsenerbsengrüner Kombi. Da der Fahrer nicht rechtzeitig reagiert hatte, blieben ihm nur zwei Möglichkeiten: mit uns zusammenzustoßen oder aber weiter geradeaus zu fahren und gegen das nun quer vor ihm stehende Fahrzeug zu prallen. Offensichtlich hatte er sich für den Weg des Nichthandelns entschieden. Massenkarambolage. Autos, Luxusjeeps, Kombis, Lieferwagen knallten einer nach dem anderen aufeinander. Soweit ich sehen konnte, gab es keine Verletzten, aber man hatte sich darauf einzustellen, daß sich Prozesse und das Palaver mit den Angestellten der Versicherungsgesellschaften über Wochen, Monate oder Jahre hinziehen würden. Ich stieg aus dem Auto und ging zum ersten Wagen der Unglückskette. Während ich näher kam, öffnete sich die Autotür. Es roch nach Phosphorpentoxid, so wie beim Anzünden eines Streichholzes. Ein alter Mann in einem Pullover mit Weihnachtsbaummotiv und einem Pelzmantel, der bis zu den Knöcheln reichte, stieg aus dem rauchenden Behältnis. Auf dem Kopf trug er die Parodie einer russischen Offiziersschapka mit einem überdimensionalem roten Stern, einer goldgelben Sichel und einem Hammer; vielleicht das Souvenir von einer Reise oder eines jener verramschten Symbole, das die Emigranten zu Markte tragen, in der Hoffnung, durch die Verhohnepipelung der eigenen Geschichte ein paar Dollar dazuzuverdienen und zugleich den Schmerz der Nostalgie zu lindern. Alles in Ordnung, sagte er. Er zog die beschlagene Brille von der Nase, wischte sie ab und setzte sie wieder auf. Verfluchte Eichhörnchen. Erst in diesem Augenblick bemerkte ich den plattgewalzten kleinen grauen Körper. Neben ihm saß bereits ein Vogel: Er pickte in den offenliegenden Innereien, die in der Kälte dampften. Der Schweif des Eichhörnchens war gen Himmel gerichtet. Er zitterte und flimmerte, als würde sich die Seele des Tieres durch ihn hindurch hinaus- und emporwinden. Ich kehrte zum Auto zurück. Wir mußten auf die Polizei warten. In der Ferne hörte man Sirenen. Neben dem toten Eichhörnchen hatte sich inzwischen ein ganzer Schwarm schwarzer Vögel niedergelassen. Die Natur ist hier grausam, erbarmungslos in ihrer Spontaneität. Selbst dann, wenn sie mir eine bestimmte Schönheit zu bergen scheint, wenn ich, beispielsweise, den Geruch der Kiefern und des Ozeans einatme und darin den Hauch mediterraner Milde wiederzufinden glaube, so begreife ich rasch, daß es sich nicht um Schönheit, sondern um obszöne Nacktheit handelt, die wir, um sie anschauen, um sie ertragen zu können, in einen Mantel aus Mythen und Legenden hüllen, in Erzählungen vom Paradies und der Hölle, von Feen und Dämonen. Unweit von hier befindet sich eine Insel, die französische und spanische Seefahrer einst *Dämoneninsel* nannten. André Thevet, Seelsorger der Katharina von Medici und königlicher Historiograph und Kosmograph, der im Jahre 1555 dieser Gegend einen Besuch abstattete, schrieb, er habe gehört – und dies nicht nur von einem, sondern von einer großen Zahl hier reisender Seeleute –, daß jedes Schiff, das dieses Gebiet passierte, sich alsbald in dichtem Nebel befände, der riecht, als sei er der Hölle entstiegen. »Vom Himmel und den Spitzen der Masten ertönten dann Stimmen und verstörte, erstickte Schreie. Da wußte man, daß die Dämoneninsel nicht fern ist.« Die Insel hatte bald ihren Platz in den Fußnoten jenes Wirrwarrs gefunden, das wir europäische Geschichte nennen; teils dank des einflußreichen Fraters, teils dank schriftstellerischen Ambitionen der Schwester des französischen Königs, der Königin von Navarra. In ihrem Buch – dieser berühmten Sammlung von zweiundsiebzig Geschichten nach dem Modell von Boccaccios *Decamerone*, bekannt geworden unter dem Titel *Heptameron* – findet sich die Geschichte von der Dämoneninsel in der zweiundsiebzigsten Erzählung. Diese Erzählung schildert das Unglück einer gewissen Marguerite de la Roque, der Nichte von Jean-François de la Roque, Chevalier de Roberval. Dieser Herr hatte vom französischen König den Auftrag erhalten, die Besiedlung Neu-Frankreichs in die Wege zu leiten. Im Jahre 1542 stach er mit fünf Schiffen in See, beladen mit erfahrenen Matrosen, jungen Abenteurern, unverbesserlichen Verbrechern beiderlei Geschlechts, außerdem Pferden, Rindern,

Ziegen, Schweinen, Schafen und Hühnern sowie fünfundzwanzig Standespersonen, unter denen sich auch Marguerite befand. Einer anderen Version dieser Geschichte zufolge sei Kapitän Roberval alles andere als begeistert gewesen, als er, der anstatt der erwarteten goldbehängten Eingeborenen nur einen Haufen Steine und Eis erblickte, auch noch von Marguerites Schwangerschaft erfuhr. Tatsächlich war die junge Marguerite im Verlauf dieser langen und schwierigen Reise, die voll der Versuchungen war, denen nur der Teufel selbst die Gläubigen aussetzte, war also Marguerite mit einem der Kadetten von Roberval erwischt worden. Roberval, erzürnt über diese Verletzung der Familienehre und ohnehin angespannt wegen des Nebels, der Kälte und der Unflätigkeiten besoffener Matrosen, vertreibt die Sünder – Marguerite, ihren Beglücker und Marguerites Sittenfräulein, die ihrerseits beschuldigt wurde, in unzureichendem Maß über die Tugend des Mädchens gewacht zu haben – aus den Paradiesgärten seines Schiffes. Dieser Version zufolge, die wir im *Heptameron* finden, war der einzig Verantwortliche für diese Schmach der Kadett. Doch Marguerite bat, nein sie flehte, gewiß wegen ihrer christlichen Güte und Demut, daß auch sie bestraft würde, obwohl ihr Verführer offenbar nichts als ein gewöhnlicher

Schurke und Wollüstling war. Der Schiffsgeistliche vermählt sie auf die Schnelle. Die Matrosen bringen sie zur nächstgelegenen Insel, geben ihnen Flinten, Munition und eine Bibel. Kaum an Land gegangen, werden sie von kreischenden Dämonen angefallen, von bösen Geistern, »die untereinander wetteifern, den zivilisierten Menschen zu vernichten«, aber auch von wilden Tieren, die sich zweifellos nur mit Hilfe von Teufelswerk in den arktischen Zonen finden lassen: nämlich von Löwen. Von Dämonen und Kälte, von Krankheiten und unaussprechlichen Visionen malträtiert, sterben der junge Mann und die Anstandsdame nach kurzer Zeit. Bald bringt Marguerite einen Sohn zur Welt, der ebenfalls stirbt. Die erzählerische Guillotine der Königin von Navarra, eine Maschine, die sich, wie jede Todesmaschine, die einmal in Fahrt gekommen ist, nur schwer anhalten läßt, tötet darauf auch die arme Marguerite. Die Erzählung ist reich an Lektionen über die unendliche Glückseligkeit der Märtyrer. Denn obschon, wie die Königin meint, »das fleischliche Wesen der Marguerite de la Roque zu einem Dasein verurteilt war, das sich kaum von demjenigen der wilden Tiere unterschied, die sie auf der Dämoneninsel jagten, bewegt sich ihre Seele nunmehr freudig in der Sphäre der Engel«. Andere

Dokumente überliefern eine etwas andere Version der Geschichte: Marguerite hat sich in den Kadetten verliebt; sie ist schwanger; die beiden brechen zu einer gemeinsamen Reise auf in der Hoffnung, der Jüngling werde sich im Dienst seine Sporen verdienen und genug Beute machen, damit ihm seine wenig ruhmreichen Anfänge verziehen würden. Im Gegensatz zu ihrem Gatten, zum Sohn und der Anstandsdame überlebt Marguerite Robervals Strafe. Sie kehrt auf einem Fischerboot nach Frankreich zurück. Und erzählt ihre traurige Geschichte dem Pater André, der sie bearbeitet und in *Les Singularités de la France antarctique, autrement nommée Amérique* von André Thevet, Kosmograph des Königs, veröffentlicht. Er bereicherte die Inselfauna mit neuen Dämonen, ließ die wenig einfallsreiche Erwähnung der Löwen weg – fügte jedoch, sicherheitshalber, einige Greife hinzu –, doch lassen sich aus seinem Bestiarium bestimmte Schlüsse ziehen. Die teuflische Kreatur, die bei ihm als »Meeresungeheuer so groß wie ein Ochs, mit zwei Elfenbeinzähnen im Maul« auftaucht, könnte ein Walroß sein. Das Gekreische der bösen Geister, das Marguerite mit ihren Gebeten zu bannen versuchte, könnte man deuten als den Liebesruf der Salzgans, *Sula bassana*; wie auch andere pelasgische Raubvögel nistet und paart sich diese im Spätherbst auf entlegenen Inseln im Nordatlantik. Es ist also nicht erstaunlich, daß die Seefahrer wegen des Nebels, des Gekreisches und des Gestanks meinten, sie näherten sich der Dämoneninsel. Heute ist sie bekannt unter dem Namen Funk Island, die *stinkende* Insel. Den Namen erhielt sie aufgrund des dichten Nebels – von dem sie sogar im Sommer umgeben ist –, der gesättigt ist mit den Azotausdünstungen des Guanos und dem üblen Geruch sterblicher Überreste, der Vogelleichen, an denen sich die Eisbären erfreuen. Die Legende von der Dämoneninsel überdauerte jedoch die Zeit und wurde volle drei Jahrhunderte lang in allen möglichen Reisebeschreibungen erwähnt. Wir finden sie in den Kommentaren von Seekarten, in Logbüchern, in den Briefen verschreckter Pioniere. Mir war sie zum erstenmal in einem Buch über den Ursprung der Legenden der kanadischen Atlantikküste begegnet, die mir (im fernen Sommer 1987, in Dubrovnik) der Vertreter des Zentrums für Humansimulation schenkte. Mein Bruder war vor allem von der Freimütigkeit begeistert, mit dem das Buch die koloniale Tradition dekonstruierte. »Treten Sie näher, meine Damen und Herren«, rief er, »überzeugen Sie sich selbst! Ein prächtiger Mythos vom alten Kontinent, randvoll mit Bockmist!« Er hatte bald genug von diesem Scherz, doch ich ritt noch weiter darauf herum. Mistkäfer, sagte er, übertreib's nicht. Ich hörte nicht auf ihn. Damals konnte ich nicht wissen, daß auch ich mich zum gegebenen Zeitpunkt – denn die Nostalgie ist so giftig wie die *Babylonia japonica* – als Marguerite de la Roque sehen würde; als Fremden, der mitten in einer eisigen Einöde, ausgesetzt dem Gekreische der Raubvögel, Gebete ausstößt in seiner nunmehr bedeutungslos gewordenen Sprache und die längst im Ruhestand befindlichen Götter Europas, der Levante oder einer dritten, ebenso illusorischen Heimat um Hilfe anruft. Im Notizheft meines Bruders fand ich später einen Vermerk, der mir jetzt in direktem Zusammenhang damit zu stehen scheint. »Alchimistisches Experiment aus der Sprache. Den Essig mit Amilalkohol mischen, ein wenig Salzsäure beigeben. Die erzielte Mischung schmeckt haargenau wie Banane. Sie hat den *Geschmack* von Banane, *ist* aber keine Banane. Man darf der Sprache nicht vertrauen. Und doch tun wir das.« Ein Polizist klopfte an die Scheibe. Er nickte, als grüße er, nahm die Papiere und ging damit zum Streifenwagen. Angestellte der Straßenreinigung entfernten den bereits ausgepickten Körper des Eichhörnchens. Sie bedeckten die Spuren mit einem azurblauen Pulver. Dessen chemische

Zusammensetzung kenne ich nicht, doch meine Frau hat mir erzählt, Phoebe sei einmal durch ein ähnliches azurblaues Häufchen getreten: Sofort hatte sie zu winseln begonnen (ich meine den Hund), war getaumelt und im Schnee zusammengebrochen. Die Vögel waren verschwunden. Der Polizist gab mir den Führerschein und die Versicherungspolice zurück. Sie können weiterfahren, sagte er. Ich fragte ihn, ob er meine Aussage benötige. Nein, sagte er, wir haben alles aufgezeichnet. Ich hatte wohl blöd geguckt, denn er zeigte grinsend auf einen der Telefonmasten. Sagen Sie *cheese*, sagte er. Seine Augen waren versteckt hinter einer Sonnenbrille, doch ich hätte schwören können, daß er mir in diesem Moment zuzwinkerte. Ich legte den Sicherheitsgurt an und fuhr los. Die Verkehrspolizistin an der Ecke, eine stämmige Frau mit einem großen Pistolenhalfter an der Hüfte, signalisierte mir, daß ich nun aus der Pappelallee in die Kastanienallee einbiegen könne. In der Kastanienallee gibt es keine Kastanien. Auf der einen Seite befinden sich eine fensterlose Schule, das Gebäude des ehemaligen Gefängnisses, das jetzt ein Museum der Wissenschaft und Technik beherbergt, und eine Feuerwehrkaserne mit dazugehörigem Baseball- und Volleyballfeld. Auf der anderen Seite ist nichts außer einem Park und einer Kirche unbestimmbarer Konfession. Wenn ich Kirche sage, so meine ich eine viereckige Konstruktion aus Holz und Mörtel, mit einem Metallkreuz auf dem Dach und darunter dem in unregelmäßigen Abständen blinkenden Neonschriftzug »Jesus ist ein Krieger«. Ein charmantes Gemisch aus modernem Funktionalismus und puritanischem Fanatismus. Nach einer kurzen Steigung hinauf zum College Hill verwandelt sich die Kastanienallee in eine Autobahn und erfüllt damit ihre wahre Bestimmung. Auf der Hügelspitze befindet sich das Gebäude des Zentrums für Humansimulation. Rundherum steht ein dichter Nadelbaumwald. Die Bäume wurden mit einer durchdachten Ordnungslosigkeit gepflanzt. Auf den ersten Blick glaubt man einen halbverwilderten Park zu sehen, durchzogen von unregelmäßigen Pfaden, doch in Wirklichkeit ist alles genauestens geplant. Von den kleinen Wegen aus kann man die Stadt nicht sehen, sondern nur die sattelartige Spitze des College Hill und in der Ferne den Fluß, so daß man, vom Wald aus, das Gefühl hat, sich in der hochgelegenen Einsamkeit eines Alpensanatoriums zu befinden. Der Zauberberg, dachte ich. (Ich hatte diesen Hügel schon ungefähr viertausendmal erklommen, doch noch nie hatte er bei mir so etwas ausgelöst.)

Im Gegensatz zum *Berghotel* bei Thomas Mann kommen hier nur selten jene Abwandlungen abgenutzter europäischer Stereotypen vorbei – italienische Humanisten, holländische Pragmatiker, junge deutsche Ingenieure, ausgemergelte russische Nihilisten. Statt dessen sind hier billige Arbeitskräfte aus der sogenannten *economy of knowledge* anzutreffen: junge Leute aus Osteuropa, Asien, Nordafrika. Die Figur des Hofrat Behrens, bereits bei Thomas Mann leicht tragikomisch wegen seines unerschütterlichen Glaubens in die Wissenschaft, wurde hier einfach ausradiert und ersetzt durch eine Gruppe anonymer Manager. Quatsch! dachte ich, während ich den Wagen auf den mit meinem Namen gekennzeichneten Parkplatz abstellte. Das hat doch mit dem *Berghotel Schatzalp* nichts zu tun, das hier ist die Wirklichkeit. Ein slowakisch-zinzarischer Serbe in einem japanischen Auto irgendwo mitten in Kanada, dachte ich, darauf käme nicht einmal ein Nobelpreisträger. Der Zauber der Sprache liegt gerade darin, daß sie nie durch die Wirklichkeit erschöpft werden kann. Ich habe einmal gelesen, oder mein Bruder erzählte mir davon, daß zu Beginn der Neuzeit gut bewaffnete Zensoren ganz Europa durchstreiften und ein Buch mit dem Titel *Drei Betrüger* suchten; die Helden dieser Schrift waren, so hieß es,

Moses, Jesus und Mohammed. Es ist nicht schwer, sich die Gesichter der fiebernden Spürhunde auszumalen, die Grausamkeit ihrer Vorgesetzten, die so kurzen Prozeß machten wie die Klingen der *Cuchilleros.* Das Buch wurde nie gefunden. Es existierte nicht. Es gab nur Gerüchte – Legenden – und die Zuckungen der vergeblichen Nachforschung. Jeder von uns besitzt seine eigenen Betrüger. Ich, zum Beispiel, wollte an einen Neuanfang glauben, an eine Neue Welt, an Neu-Amsterdam, Neu-England, Neu-Frankreich, Neu-Braunschweig, Amerika, Kanada, was auch immer. Amerika: das war das erste, was ich dachte, als ich kanadischen Boden betrat. Ich sah die breiten Straßen; Autos, von denen jedes so viel Platz einnahm, wie man in Alt-Amsterdam für ein bescheideneres Wohngebäude benötigte; den hellen, kobaltfarbenen Himmel, unter dem sich geschäftig eine sonnenbrillentragende Nation bewegte, denn hier war sogar das Licht anders, härter, wie im Film. Ohne zu verstehen, wie eine Kamera, registrierte ich die Geschäftsgebäude aus Glas und Beton, die Neonschilder der Autowerkstätten, der Lebensmittelläden, der Waschsalons, der Restaurants. Ihre bunten Fassaden sahen aus wie die Fassaden der Saloons, Gefängnisse, Bordelle und Geschäfte der Hauptstraße in einem Western, so als seien sie nur zweidimensional. Nur wenn man sie frontal, direkt von der Straße aus betrachtete, konnte man sie voneinander unterscheiden. Aus jeder anderen Perspektive offenbarten sie – obgleich das nicht das richtige Wort ist, denn man kann ja nicht etwas offenbaren, was nicht zuvor verborgen ist – die graue Substanz der Monotonie. Ich registrierte auch die großen Parkplätze der Einkaufszentren, deren Kuppeln mit den sich ab Fabrik wellenden Fähnchen aus Metall (die aus der Ferne, im ersten Augenblick, stolz im Wind zu flattern schienen) und die Abfolgen automatischer Türen, die simultan ganze Trauben von Muttchen in weißen Schuhen und pastellfarbener Kleidung verschluckten und ausspien, aber auch Jungs mit verkehrt auf dem Kopf sitzenden Baseballmützen, Blondinen mit Pferdeschwänzen, ganz oben auf dem Kopf zusammengebunden, so wie die Palme auf der einsamen Insel auf einer Witzzeichnung. Später sollte ich das alles als die ununterbrochene Aktivität eines Zementmischers beschreiben, der mit derselben Gleichgültigkeit zierliche Chinesinnen und prallarschige Afrikanerinnen durcheinandermahlt, der Libanesen mit Balinesen vermischt, spielt keine Rolle, denn er verschlingt und zerbröckelt alles ohne Unterschied, verdaut und siebt und spuckt sie zuletzt in Form eines gräulichen, fein säuberlich in durchsichtige Säckchen verpackten Pulvers wieder aus. Mag sein, daß ich übertreibe. Bestimmt übertreibe ich. Europa ist, zumindest oberflächlich gesehen, schöner, aber nicht wirklich anders. Auf meinem Weg nach Kanada habe ich die erste Nacht in Amsterdam verbracht. Ich kam am frühen Nachmittag in Holland an, mit einem Flug der Yugoslav Airlines, und nahm mir ein Hotelzimmer. Es war sauber und roch gut. Ein riesiges Bett. Daneben ein Nachtkästchen mit Radio, auf dem die roten Ziffern eines Digitalweckers leuchteten. Auf dem Fernsehbildschirm stand in vier oder fünf Sprachen: Willkommen im (Name des Hotels), Herr (mein Name und Vorname). Willkommen, Bienvenue, Welcome. Am Fenster stand ein kleiner Tisch mit Werbebroschüren, einem Kugelschreiber und Briefpapier. Ich zog den Vorhang beiseite: Brücken und Kanäle. Ich durchquerte einige Male das Zimmer in seiner ganzen Länge, studierte die Landschaft, die an der Wand hing, inspizierte das Bad. Als ich die ordentlich gefalteten weißen Handtücher und die Minishampoofläschchen erblickte, bekam ich plötzlich Lust, eine Dusche zu nehmen. Danach wickelte ich das große, dicke Badetuch um die Hüften und spazierte noch ein wenig im Zimmer auf und ab. Ich entdeckte die Minibar. Ich schraubte ein Minifläschchen Armagnac auf, legte mich aufs Bett und griff zur Fernbedienung. Konnte ich denn wissen, daß dieses Hotelzimmer nur eines in einer unendlichen Kette vollkommen identischer Hotelzimmer war, in denen eine ebenso unendliche Reihe identischer, anonymer Reisender überteuerte Getränke konsumierte, in weißen Badetüchern auf dem Bett herumlungerte und Fernsehbildschirme anglotzte, über die noch einen Moment zuvor der eigene Name geflimmert war? Nein. Deshalb trat ich an die ganze Sache auch mit aufrichtiger Begeisterung heran. Ich beschloß, alle fünfzehn Kanäle durchzuzappen. Ich bekam, auf holländisch, Einblick in die kleinen Geheimnisse großer Küchenchefs, verfolgte auf englisch einen Wettlauf von Windhunden, auf italienisch eine Unterhaltungssendung mit dem Titel *Professore, blablabla.* Auf Kanal 10 streckte eine dunkelhäutige Moderatorin mit edelsteingepierctem Bauchnabel ihre Zunge vor der Kamera aus und ließ uns das glänzende Metallkügelchen darauf bewundern. Dann verschwand sie, und es erschien Michael Jackson: Er stieß kleine Schreie aus, hüpfte herum, drückte und zerrte mit der Hand zwischen seinen Beinen und sang mit Fistelstimme: »Ich bin schlecht, ich bin schlecht!« Auf Kanal 14 leierte, würde ich sagen, eine Art kleinasiatischer Musik vor sich hin, die mich an meine Heimat erinnerte. Etwas Hochdramatisches spielte sich dort ab. Ein gedrungener Schnauzträger in lilafarbenem Sakko warf einer Schönheit in Rüschenbluse mit Puffärmeln lüsterne Blicke zu. Die Atmosphäre vibrierte vor Erotik, aber ausgerechnet da hatte der Regisseur beschlossen, einen Schnitt zu machen. Man sah zwei zwielichtige Typen im Garten einer üppigen Villa. Der eine trug einen türkisfarbenen Blazer. Der andere hingegen trug keinen Blazer, aber dafür ein seidenes Dandytuch um den Hals, im Hemdkragen, das über alle Traditions-, Kultur- und Sprachgrenzen hinweg unmißverständliche Merkmal des Weltmanns. Sie blickten zu einem Springbrunnen, aus dem eine rötliche Flüssigkeit sprudelte, wahrscheinlich Blut. Sie riefen, ganz aufgeregt, etwas in einer Sprache, die ich nicht verstand. Die Kamera entfernte sich vom Springbrunnen: Durch eines der Fenster konnte man den Rücken des lila Sakkos erkennen. Ende der Folge. Ich war entsetzt. Ich schüttete in einem Zug den halben Armagnac hinunter und schaltete zu Kanal 15. Eine Hausfrau im Minirock schälte eine Karotte. Ein solariumgebräunter Tennislehrer blickte verstohlen durch das nur angelehnte Fenster. Musik: eintöniges Gedudel. Das kann, dachte ich, nur zu einer Sache führen. Die Hausfrau im Minirock nahm die geschälte Karotte zärtlich in den Mund. Mmmh, machte sie. Der Tennislehrer sprang durchs Fenster herein und zog ohne ein Wort sein Poloshirt aus. Die Hausfrau legte sogleich die Möhre zur Seite und streifte ihren Rock ab, wobei sich herausstellte, daß auf Kanal 15 die Hausfrauen nicht nur regelmäßig Karotten im Minirock schälen, sondern dabei auch keine (überflüssige) Unterwäsche tragen. Ich ertappte mich dabei, wie ich eine Hand unter das Badetuch schieben wollte; doch im letzten Moment fiel mir Michael Jackson ein. Das ließ mich zögern. Und außerdem, seinen Körper wie Tischfußball zu behandeln – noch dazu mitten im Europa des ausgehenden zwanzigsten Jahrhunderts – ist wirklich vollkommen absurd, dachte ich. Ich stand auf. Während ich mich anzog, war der Tennislehrer gerade dabei, es der Hausfrau zu besorgen. *Oh, ja! Ooooh, jaaaa!* stöhnte sie. Ich schaltete den Fernseher aus, nahm die Touristenprospekte vom Tischchen und ging hinaus, um mir die Stadt anzusehen. Die Luft roch nach Eisen, Blumen, Benzin, Chanel und vielleicht *Opium*, wie mir schien. (Bevor ich meine Frau kennenlernte, glaubte ich, jedes Damenparfüm, das mir nicht die Nüstern versengte wie *Chat noir* von INCS, der Chemiefabrik von Novi Sad, müsse Chanel oder eventuell *Opium* sein.) Es roch, so schien es mir, nach Erdöl, Brackwasser, Hotdog mit Senf, Muskatnuß und – das schien nicht nur so, davon war ich hundertprozentig überzeugt – Gras. Zuerst gehe ich ins Museum, sagte ich mir, und geselle mich später zum Blasorchester. Auf dem Stadtplan, den ich mitgenommen hatte, waren mehrere Museen verzeichnet. Das Sex-Museum, das Van-Gogh-Museum, das Reichsmuseum und das Städtische Museum. Das Sex-Museum, das mußte, dachte ich, das Konzept sein, in dem sich die Gegensätze des hochentwickelten Kapitalismus aufheben. Van Gogh kennt man sogar bei uns im hintersten, letzten Kaff. Zu Hause besaßen wir eine Schachtel mit Dias aus dem Reichsmuseum. (Und auch aus dem Louvre und der Eremitage. Mein Bruder schaute sich diese Dias besonders gerne an. Am meisten gefielen ihm jedoch die Illustrationen zum Märchen *Der König Ha-tschi*, über den König, der dauernd niesen mußte.) Meine Wahl fiel deshalb auf das Städtische Museum. Ich ging in die entsprechende Richtung los, den Anweisungen auf den mehrsprachigen Schildern folgend, die auf jeder Kreuzung zu finden waren. Bald merkte ich, daß ich Hunger hatte. Ich kaufte mir einen Hamburger, den man mir in eine Papiertüte wickelte, aber ich schämte mich, im Ausland auf der Straße zu essen. Fast alle Leute aßen irgend etwas, Hamburger, Brezeln, Kebab und Fritten oder Fritten und Kebab und so bräunliche Klumpen, von denen ich später erfahren sollte, daß es »Falafel« waren; aus den Cafés drang ein Geruch von Nepalhaschisch und Marihuana; ich aber schämte mich. Mein Vater hatte mir einige Tage zuvor gesagt, daß ich jetzt der »Botschafter unseres Landes« sei, und ich hatte mir das zu Herzen genommen. Ich blickte mich nach einem verborgenen Plätzchen um, wo ich meine Zwischenmahlzeit unbemerkt hinunterschlingen konnte. Nach gut fünfzehn Minuten fand ich einen Hauseingang, der mir geeignet erschien. Aus der Tüte roch es nach angebranntem Gummi. Der Hamburger war inzwischen kalt. Und so scheußlich, daß ich ihn in den erstbesten Müllkübel warf. Gleich dahinter, hinter diesem Müllkübel, erblickte ich das Gebäude des Städtischen Museums. Ich ging hinein und erlangte bereits nach kurzer Zeit die Erkenntnis, daß sich moderne Kunst nicht mit nüchternem Magen würdigen ließ. Im ersten Stock ein Malewitsch neben dem anderen. Im zweiten Kandinsky und Mondrian: Klecksereien und Parallelogramme. Im dritten die Retrospektive der Arbeiten eines gewissen Ježek. Ich trat zu einer scheinbar leeren Leinwand.

Erst wenn man ganz nah davorstand, konnte man deutlich einen winzigen roten Fleck im Winkel rechts unten erkennen. Das Bild trug den Titel *Kleine Schlachthofszene, 4.* Wenn das Kunst ist, dachte ich, dann bin ich Shaking Stevens. Mir fiel der weggeworfene Hamburger wieder ein, und ich machte mich auf die Suche nach dem Museumsrestaurant. Es befand sich im Zwischengeschoß. Ich erstand einen Kaffee und eine Tafel Schokolade. Das beruhigte mich. Als ich die Caféteria verließ, fiel mir eine Reihe von Schaukästen auf, die Handschriften, Skizzen, Briefe und Artikel aus vergilbten Zeitungen und Zeitschriften enthielten. Auf einer der Zeitschriften stand in kyrillischen Buchstaben: *Zenit.* Gleich daneben konnte man einen langen Text über die Belgrader Avantgarde lesen, die Zenitisten und Ljubomir Micić. Ich hatte schon immer Argwohn gegenüber der Avantgarde und gegenüber Belgrad gehegt und deshalb auch, logischerweise, gegen die Belgrader Avantgarde. All diese »Medialismen«, all diese modischen *ismen* erschienen mir wie eine Sammlung unsinniger Imitationen, ebenso absurd wie die kleinen Plastikgondeln, die enttäuschte Archäologen eines Tages zwischen den Überresten serbischer Haushalte finden würden, von Feketić bis Svilajnac, von der ungarischen bis zur bulgarischen

Grenze. Und doch … da, mitten im Städtischen Museum in Amsterdam, erwachte eine Art Stolz in mir. *Sieh*, sagte ich zu mir selbst, *auch das gehört zu Europa*. Vielleicht war sogar das gesamte Konzept der Avantgarde, dachte ich, all das Gerede über die Zukunft, die geometrischen Konstruktionen, piepsenden Maschinen, über die Kulturaufzucht in Petrischalen und das Einfärben der Astralfläche, vielleicht war all das nur leeres Gewäsch; aber damals, und sogar auch noch später, bewegte sich die Welt angeblich irgendwohin, und Belgrad bewegte sich auf gleicher Höhe mit. Man könnte nun über mein Staunen erstaunt sein, aber für mich war Belgrad gleichbedeutend mit aufgedunsenen Offizieren aus dem Generalstab, denen ich in meiner Meldetasche Lemonwodka brachte (den ich in der Fürst-Miloš-Straße kaufte, in dem kleinen Laden neben dem Kiosk, an dem ein verblichenes Bruce-Lee-Plakat hing). Keineswegs ließ mich Belgrad an die Vorführungen im Filmmuseum denken, obwohl ich in ebenjenem Jahr, als ich für meine Vorgesetzten den billigsten Wodka aus dem uns bekannten Universum kaufte, dort mehr gute Filme gesehen hatte als in den achtzehn Jahren zuvor in Novi Sad. Aus irgendeinem Grund hatte ich beschlossen, nicht die Abende im Filmmuseum, sondern das Drecksloch von Belgrader Bahnhof und die Rennerei mit Gasmaske im Topčider-Park im Gedächtnis zu behalten. Königin der Müllhalden, sagte ich, Gruselstadt. Einmal geriet ich mit meinem Bruder deswegen aneinander (für ihn war Belgrad etwas anderes; er hatte dort studiert). Und dabei war er vollkommen ernst, was an sich schon eine Seltenheit darstellte. Ich war mit ein paar Freunden am Strand von Novi Sad und sah ihn von weitem, als er an der Getränkebude ein Bier holen ging. Kurz danach fand ich ihn, er lag im Sand und las Božidar Knježević' *Die Geschichte, Anatomie der Zeit.* Was ist denn das für einer, fragte ich ihn. Der serbische Hegel, antwortete er. Klar doch, sagte ich, die Serben brauchen natürlich ihren eigenen Hegel. Und wieso nicht? sagte er. Wenn die Italiener ihren Hegel haben, weshalb dann nicht auch die Serben? Ich schwieg. Ich wußte nicht, wer dieser italienische Hegel sein sollte. Und wenn mich einige Minuten zuvor jemand gefragt hätte, wer denn Božidar Knježević sei, so hätte ich ohne Zögern geantwortet: ein wenig bekannter Interpret neofolkloristischer Musik. »Du«, sagte mein Bruder zu mir, »weißt nur sehr wenig über deine eigene Kultur. Du meinst, sie beginnt und endet mit den Blödmännern, die etwas zusammenphantasieren über die goldenen Gabeln des serbischen Hofes zu

Zeiten, als die westlichen Herrscher noch mit den Fingern gegessen haben. Und wenn ich dir sagen würde, daß die erste Auflage von Husserls *Krisis der europäischen Wissenschaften* in Belgrad erschienen ist, und zwar auf deutsch, da würdest du platt auf den Hintern fallen. Du bist nämlich um keinen Deut besser als die Gabelspezialisten, die du kritisierst. Sie verbreiten nur Mist, und du rennst hinterher und sammelst ihn auf. Weil du ein …« Schon gut, unterbrach ich ihn, wir wissen alle, was ich bin. Doch er war nicht mehr zu bremsen. »Du fliehst vor deiner eigenen Tradition und machst dich lustig über sie«, sagte er und schloß sein Buch. »Auf was du stehst, ist Borgesianismus – wo aber, sag mir, fand der gute Borges seine Faszinosa, wenn nicht in der unerschöpflichen Bibliothek der Tradition, der Geschichte, der Mythologie, der Mathematik, der Philosophie? – Unterbrich mich nicht! – Schon bei der bloßen Erwähnung von Denevi und Cortázar kriegst du eine Dauererektion und keuchst wie ein Schauspieler in einem schwedischen Pornofilm und würdest dabei nie auf den Gedanken kommen, daß Jugoslawien das Argentinien Europas ist. *Jede* Tradition ist unsere Tradition. Davor kannst du nicht weglaufen. Davon abgesehen: Die Flucht vor der Tradition, ihre Dekonstruktion, ist auch nur eine Tradition.« Ach komm, sagte ich ihm, das ist alles doch nur Flucht vor der Wirklichkeit. Das haute nicht hin. Langsam legte er Zeige- und Mittelfinger an die Lippen, so als zöge er an einer unsichtbaren Zigarette, und zeigte dann mit denselben Fingern nach unten, zwischen seine Beine; damit war das Gespräch beendet. Er konnte unangenehm sein. Daran dachte ich, als ich das Städtische Museum wieder verließ: an meinen Bruder, an den Strand von Novi Sad, an Belgrad, an die Tradition, an diese Lektion aus der serbischen Kulturgeschichte, die hier zwar nur im Zwischengeschoß ausgestellt war, neben der Museumscaféteria und nicht allzu weit von den Toiletten, aber dennoch im selben Gebäude mit Malewitsch, Kandinsky, Mondrian und anderen kleinen Schlachthofszenen der Avantgarde. Es wurde Abend. Dämmerung über Europa, dachte ich, sehr symbolisch; ich müßte nur noch einem Verrückten begegnen, der, eine Laterne in der Hand, Gott sucht, dann hätte ich alles gesehen. Ich lief los in Richtung Hotel. Unterwegs kaufte ich ein Stück fritierten Kabeljaus und verschlang es mitten auf der Straße. Im Coffeeshop gleich neben dem Hotel bestellte ich ein Bier und einen Joint »Nordlicht«. Sechzig Prozent Marihuana aus dem Treibhaus, vierzig Prozent algerischer Tabak. Neben mir am Tresen saßen ein Junge und ein Mädchen, in khakifarbenen Bermudashorts und weißen T-Shirts. Sie tranken Mineralwasser aus der Flasche, jeder aus seiner eigenen. Zehn Minuten später war ich schon völlig high. Am Nebentisch führte ein Gentleman im Tweedblazer und mit langen, gepflegten Haaren einer Gruppe von Geschäftsmännern mittleren Alters einen Zaubertrick vor. Den rechten Arm bewegte er nicht; es sah so aus, als halte er die Hand in der Hosentasche. Mit der linken Hand nahm er ein Kartenspiel auf und mischte es. Er tat dies mit langsamen, wohlbemessenen Bewegungen, perfekt und leicht zugleich. Dann hielt er inne; und es schien, als ob gleichzeitig alles für einen Augenblick stehenbliebe. Scheißzeug, sagte das Mädchen neben mir, ich spüre gar nichts. Warte doch, sagte der Junge. Wir hätten, sagte das Mädchen, besser mit Gerry und Lorraine nach Paris fahren sollen. Gerry und Lorraine sind Idioten, sagte der junge Mann, warte doch noch mal. Das ist, sagte er, *Klettergras*, es steigt ganz langsam auf. Der Taschenspieler beschrieb mit seiner geöffneten Hand einen großen Halbkreis. Die Karten lagen vor ihm, mit der Farbe nach unten. Als er sie aufdeckte, eine nach der anderen, der Reihe nach, gehorchten sie einer unerklärlichen Regel. Rot, schwarz, rot, schwarz. Schauen Sie, sagte der Taschenspieler durch ein Lächeln hindurch – ein müdes, scheinbar abwesendes Lächeln –, das läßt sich auch langsamer machen. Er sammelte die Karten wieder ein und mischte sie rhythmisch, ganz langsam; die rechte Hand zog er nicht aus der Tasche. Dann legte er die Karten auf den Tisch, perfekt aufeinandergestapelt, als kämen sie gerade erst aus der Schachtel. Nein, sagte das Mädchen, Gerry und Lorraine sind keine Idioten, sie sind intelligent. Sie haben *Fodor's Europa-Führer* gekauft, und bei ihnen läuft sicher alles nach Plan. Der Junge zündete sich eine Zigarette an. Auch der Taschenspieler nahm eine Zigarette. Mag sein, sagte der junge Mann, daß bei ihnen alles schön nach Plan läuft, aber das ändert nichts daran, daß Gerry und Lorraine Vollidioten sind. Der Taschenspieler nahm einen Schluck aus einem Glas. Möglich, daß es gar kein Taschenspieler war, aber das ist alles, was ich von ihm sagen kann. Für dich, antwortete das Mädchen, sind alle Leute Vollidioten. Jeder, der achttausend Dollar für eine chirurgische Schwanzvergrößerung ausgibt, ist für mich ein Idiot. Die Geschäftsleute tuschelten miteinander. Und jeder Typ, der seine Braut davon überzeugt, daß ihre Lippen zu dünn sind und ihr das Aufspritzen bezahlt, der ist für mich … du weißt schon, was. Warte mal, sagte das Mädchen, als müßte sie noch einmal genau darüber nachdenken, Lorraine hat sich die Lippen machen lassen, und Gerry …? Lorraine die Lippen, bestätigte der junge Mann, und Gerry seinen Einäugigen. In bestimmten Situationen, fügte er hinzu, kommt es also zum Kurzschluß zwischen ihnen. Der Taschenspieler fächerte die Karten vor sich auf, im Halbkreis, eine nach der anderen. Als er sie umdrehte, sah die gefügig gemachte Bestie Zufall völlig harmlos und tolpatschig aus, wie die unter Drogen stehenden Löwen, die ich vor langer Zeit mal im Zirkus *Europa* gesehen habe. Eine rote, eine schwarze, eine rote, eine schwarze. Schauen Sie, sagte er noch einmal, indem er die Karten einsammelte, das geht noch langsamer. Ich kann das einfach nicht glauben, sagte das Mädchen, ich *glaub's* nicht. Hör mal, sagte der Junge mit Engelsgeduld, wer von seinen Freunden verlangt, daß sie ihm die genaue Länge und den Umfang ihres Geschlechtsorgans angeben, wobei er natürlich betont, er habe kein Problem mit der Länge, dafür sei seiner so dünn wie ein Bleistift, den kann man zu Recht als totalen Vollidioten bezeichnen. Der Anführer der Geschäftsleute trat zum Taschenspieler. Mit einer kurzen und entschlossenen Bewegung zog er ihm die rechte Hand aus der

Tasche. Dann schob er ihm den Ärmel hoch und gab den Blick frei auf eine sorgfältig gebügelte Manschette und einen Arm ohne Hand: Sie war über dem Handgelenk abgeschnitten. Unmittelbar über der Schnittstelle befand sich eine wuchtige Uhr mit goldenem Armband und Diamanteneinfassung. Vielleicht war es nur eine Attrappe, keine Ahnung. Das Mädchen sagte mehrmals nacheinander: *»Oh, my God!«* Der Magier zog den Ärmel wieder nach unten und versorgte die fehlende Hand in der Tasche. Sein Gesichtsausdruck blieb dabei unverändert. Die Geschäftsleute waren vor den Coffeeshop hinausgetreten; obwohl das vielleicht gar keine Geschäftsleute waren, sondern Spezialisten für Management oder Consulting. Einer von ihnen riß eine Hanfpflanze aus der Jardiniere und begann damit (nicht mit der Jardiniere, sondern mit der Pflanze), den gefallenen Anführer auszupeitschen. Vollidioten, sagte der Junge. Das Mädchen lachte hysterisch; verschluckte sich und hustete, nach vorne gebeugt. Ich kehrte ins Hotel zurück. Ich schlief in meinen Kleidern ein. Es war der 18. August 1988. Tags darauf kam ich in Kanada an. Und bin immer noch da: genauer, auf diesem im Nadelgehölz versteckten Parkplatz, auf dem Gipfel des Zauber-College-Hill. Ich stieg aus dem Auto und ging auf das mit Rauchglas verkleidete Gebäude zu. Ein graumelierter Mittdreißiger mit zusammengewachsenen Augenbrauen streckte mir die Hand entgegen, als ich die Tür öffnete. Wie alt ich geworden war. Jahre voll Wind und Schnee, die Ablagerungen von Müdigkeit, Lachen und Weinen, das alles hatte mein Gesicht verändert. Nicht weniger als neun Personen wünschten mir auf dem Weg in mein Büro guten Morgen. Die Sekretärin brachte mir die Tagesberichte und einen Cappuccino ohne Koffein, dafür aber mit Vanillegeschmack. Ich muß zugeben, daß ich nie begriffen habe, worin eigentlich die Arbeit eines höheren technischen Beraters besteht. Als ich noch ein normaler technischer Berater war, lagen die Dinge um einiges klarer. Damals lancierte das Zentrum sein erstes Produkt, einen Sektionssimulator. Einst, im sechzehnten Jahrhundert, mußten die Anatomen aus Padua, Leiden, Paris und London mit den Henkern unter einer Decke stecken, um die Leichname erhängter Verbrecher zu Forschungszwecken zu entwenden. Es mag übertrieben sein, wenn ich behaupte, die erfolgreichsten Chirurgen seien diejenigen gewesen, denen es gelungen war, sich kontinuierlich mit frischen Kadavern zu versorgen, doch ist dieser Aspekt ihrer Arbeit nicht zu vernachlässigen. Der berühmte Vesal knüpfte die

Leichen heimlich von den Galgen ab, zog sie aus dem Bach und bestach regelmäßig Totengräber und Henker. Louis de Bils seinerseits hatte 1659 berechnet, daß er zur Beschaffung einigermaßen brauchbarer menschlicher Exemplare für das von ihm geplante Anatomie-Institut in Rotterdam mindestens achtzehntausend Gulden jährlich benötigte; da ließ er es gleich bleiben. Die Medizin war seit jeher ein ernstes Geschäft. Das war im zwanzigsten Jahrhundert nicht anders. Die willkürliche Gewaltanwendung an den Körpern Hingerichteter (was früher in Deutschland als ein wesentlicher Bestandteil der Hinrichtung selbst verstanden wurde, während dieses Privileg in England der Zunft der Barbiere und Chirurgen vorbehalten blieb) scheint heutzutage in gewisser Hinsicht vom wissenschaftlichen Prozeß getrennt. Die heute praktizierte Anatomie untersteht der strengen bürokratischen Kontrolle von Ethikkomissionen. Es wird immer schwieriger, auf gesetzlichem Wege zu einem jungen und gesunden, oder zumindest mehr oder weniger jungen und gesunden, männlichen oder weiblichen Körper zu gelangen. Was jedoch den Unternehmergeist nur beflügelt. Um die jungen Leichen kämpfen mit der Gier hungriger Vögel Forscher, Dekane medizinischer Fakultäten, Organhändler und raffgierige Agenten zwielichtiger Organisationen. Der Gründer des Zentrums für Humansimulation hatte eine hervorragende Idee. Er trieb zwei Menschenkörper auf, ein Männchen und ein Weibchen. Adam und Eva – so hat man die beiden getauft – wurden minuziös seziert, Schicht um Schicht, Mikrometer um Mikrometer. Man legte eine gewaltige Datenbank an, aus der mit Hilfe der Zauberkraft von Mathematik und Informatik praktisch jedes Detail ihrer jetzt virtuell gewordenen Körper rekonstruiert werden kann. Diese Operation dauerte mehrere Monate. Sie wurde unter strengster Geheimhaltung durchgeführt, teils aus Angst vor potentieller Konkurrenz, teils wegen einiger, wie soll man sagen, juristischer Unklarheiten. (Bevor ich in die Firma kam, hatte man mir nur erklärt, ich werde als Berater für Bildungssoftware arbeiten.) Als ich engagiert wurde, war diese Phase des Projekts abgeschlossen. Jetzt galt es, das Programm zu testen. Die Aufgabe der technischen Berater – wir waren zehn – bestand darin, die anatomische Richtigkeit der rekonstruierten Körper zu prüfen; kritisch die Brauchbarkeit des Programms zu beurteilen, seine Geschwindigkeit und Zuverlässigkeit, die Empfindlichkeit auf Handbewegungen, die Präzision des virtuellen Bestecks. Der Großteil meiner damaligen Kollegen hatte am physischen Zerschneiden von Adam und Eva teilgenommen. Vielleicht wurde ihnen deshalb das Testen des Programms schnell unerträglich, und sie verließen das Zentrum. Ich blieb. Adam und Eva waren für mich keine Menschen, sondern nur Projektionen auf einem Bildschirm, leblose Impulse, die durch in Kalifornien oder Korea hergestellte Siliziumchips herumschwirrten. Nur einmal ging ich ins Untergeschoß und schaute mir die mit sorgfältig etikettierten Präparaten angefüllten Regale an, das physische Äquivalent unserer Datenbank, das in einer klimatisch kontrollierten Umgebung für den äußersten Notfall aufbewahrt wurde. Niemand, da war ich mir sicher, wäre je auf die Idee gekommen, daß er hier vor zwei menschlichen Wesen steht, die einmal geatmet und in der Sonne gefaulenzt haben, die Wein oder Johannisbeersaft tranken, Lebewesen wie du und ich, die vielleicht geliebt oder gelitten haben, die Gedichte schrieben und in ihre Badewanne furzten, Fußball oder Blindekuh spielten oder sich mit den Nachbarn zankten. Überdies sah dieser Ort identisch aus wie die Mikrofilm-Abteilung der Bibliothek im ersten Stock des Zentrums (eine ausgezeichnete Bibliothek, nebenbei bemerkt). Nach ungefähr zwei Jahren war die Testphase zu Ende. Das Programm erzielte einen beachtlichen kommerziellen Erfolg. Ich hatte inzwischen mein Informatikstudium abgeschlossen und erhielt eine Gehaltserhöhung. Das Zentrum brachte nun auch eine einfachere und billigere Version des Programms auf den Markt, für den Hausgebrauch. In kurzer Zeit war jedoch der Markt vollkommen gesättigt, und es galt, etwas Neues zu erfinden. (So geht das hier. Es genügt nicht, ein gutes Auto herzustellen. Man muß ständig etwas daran ändern, irgendwelchen Schnickschnack hinzufügen: einen Kaffeebecher-Halter, einen integrierten Rasierapparat, eine Alarmanlage, die mit der Stimme Arnold Schwarzeneggers sagt: »Treten Sie zurück! Und widmen Sie sich Ihren anderen Talenten!«) Eine Versammlung wurde einberufen. Ein Manager in einem dunkelblauen Zweiteiler führte Grafiken vor. Auf einem der Dias stand: Veränderung ist Leben – Stagnation der Tod. Der hat, dachte ich, Paracelsus gelesen. Der Manager verlangte Veränderungen, also Leben. Was für Veränderungen, das war völlig egal. Jeden der Anwesenden sprach er mit Vornamen an und feuerte uns alle an, »kreativ« zu sein. Diese Managementtechnik ist auch als »Brainstorming« bekannt. Das sollte ich aber erst später erfahren. Damals dachte ich, die brabbelten einfach nur, als seien sie total zugekifft. Ich hab ein bißchen Erfahrung auf dem Gebiet. Als ich dann an die Reihe kam, schlug ich vor, wir sollten ein Programm entwickeln, das nicht nur eine Anatomiestunde simuliert, sondern den Eingriff am lebendigen Patienten. Das sollte eigentlich ironisch sein. Der Manager war begeistert. Das ist phantastisch, rief er aus, das eröffnet uns ganz neue Märkte! Er zog sein Jackett aus. Wäre eine solche Sache, fragte er, theoretisch durchführbar? Im Prinzip, sagte Besuglew, ein russischer Mathematiker, der sich um das Theoretische kümmerte, sind wir alle nur Staub und Schatten. Der Manager verstand dieses Zitat – das man häufig neben den Illustrationen alter Anatomielehrbücher findet, beispielsweise bei Vesal – als bejahende Antwort auf seine Frage. »Natürlich«, sagte der Manager, »Adam und Eva haben wir bereits, wir müssen sie nur noch beleben. Das ist, als würden wir einen Zeichentrickfilm machen. Noch besser, aufgepaßt!, mit ein wenig Einsatz unsererseits können wir es den Leuten ermöglichen, zu operieren, wen immer sie wollen. Wie ein Flugsimulator … man gibt die Daten ein und kann dann Madonna oder Elvis den Blinddarm entfernen … eine Revolution in der medizinischen Ausbildung.« Der Alte ist völlig durchgeknallt, dachte ich. Ich blickte zu Besuglew hinüber, doch der Schuft verzog natürlich keine Miene. Wir werden, sagte er, einige unserer Geräte erneuern müssen. Der Manager notierte sich alles in seinen elektronischen Kalender. Kostenpunkt? fragte er. Siebenundvierzig Millionen, antwortete Besuglew. Später gestand er mir, daß er sich die Zahl ausgedacht hatte. Das heißt, nicht ganz, denn dies war der Betrag der letzten Woche im Jackpot des New Yorker Lottos. Das sind doch Peanuts, sagte der Manager; wir basteln hier ja nicht irgendwelche russischen Puppen, sondern wir machen Geschichte, wir führen die Welt ins einundzwanzigste Jahrhundert. Unter hundert Millionen, präzisierte er, brauchen wir gar nicht zu reden. Besuglew wurde der Leiter der Forschungs- und Entwicklungsabteilung. Er ließ aus Moskau eine hinreißende Brünette kommen (hinreißend? fragt meine Frau), die nach sechs Monaten so dick wurde, daß sie in eine Depression fiel, schmuddelige Gedichte zu verfassen begann und schließlich nach Moskau zurückkehrte. *Russische Schönheit* …, so hieß es bei Dostojewski … Aber wer interessiert sich heute noch für den? Niemand. Am selben Tag wurde ich zum höheren technischen Berater ernannt. (Ich erhielt auch eine Dollarprämie, von der wir, meine Frau und ich, nach unserer Heirat ein Haus kauften und darin ein Atelier für sie einrichteten.) In meinem Vertrag steht, ich soll Ideen liefern und die Arbeitsqualität überwachen. In der Praxis bedeutet das, daß ich mein Gehalt kriege und sonst nichts tun muß, was meiner geistigen Veranlagung vollkommen entspricht. Eine Zeitlang war ich dazu verpflichtet, auf allen kulturellen und künstlerischen Veranstaltungen anwesend zu sein, die das Zentrum unterstützte. Jetzt erwartet man nicht einmal mehr das von mir. Morgens werfe ich einen schnellen Blick auf irgendwelche Berichte, den Rest des Tages verbringe ich in der Bibliothek. Offiziell arbeite ich an neuen Ideen. Das heißt, ich lese, was mir unter die Finger kommt: Ich fotokopiere (für meine Frau, natürlich) alle Teekannen aus dem *Keramischen Monatsblatt* und aus *Amerika der Töpfer*; ich träume vor mich hin, schreibe, trinke Cappuccino. Es war ein Dienstagmorgen, der zwölfte Dezember zweitausend. Vor mir lag ein Bericht der Abteilung für Herzsimulation. Nach langjährigen Vorbereitungen und zweihundertsechzig Stunden ununterbrochener Arbeit gelang es den mächtigen Rechnern des Zentrums für Humansimulation, einen einzigen Herzschlag zu simulieren, und zwar den Herzschlag eines Schweins. Vom Standpunkt der mathematischen Darstellbarkeit aus ähnelt das Schweineherz (und bis zu einem bestimmten Grad das des Hundes) dem menschlichen Herzen am meisten.

Deshalb verwendet man als Grundlage jedes Modells die Forschungsergebnisse der amerikanischen Anatomin Evelin Thomas. In den fünfziger Jahren des zwanzigsten Jahrhunderts hatte sie ein Schweineherz bis ins kleinste Detail zerlegt, Gewebeschicht um Gewebeschicht, und das Ganze sehr sorgfältig unter dem Mikroskop und aus verschiedenen Winkeln fotografiert. Diese Ehre ist dem menschlichen Herzen bis heute nicht erwiesen worden. Was, zumindest bis dato, auch nicht sinnvoll gewesen wäre. Ich würde nicht übertreiben, wenn ich behauptete, daß unsere Rechner in ein paar Arbeitsstunden die Landung eines Mondmoduls simulieren könnten und zugleich Kasparow auf dem Schachbrett völlig vernichten könnten. Um aber auch nur eine Minute der Tätigkeit eines Schweineherzens zu simulieren, stand in dem mir vorliegenden Bericht, müßte man mindestens ein oder zwei Jahre veranschlagen, auch wenn man sich nur und ausschließlich dieser Aufgabe widmete; es lohnt sich also gar nicht, ans menschliche Herz zu denken. Das hätte meinem Bruder sicher gefallen. Seine Notizen, oder was von ihnen übriggeblieben ist, wimmeln von Zitaten über das unergründliche Geheimnis des Herzens. In den Heften (ich glaube, ich erwähnte das bereits) fand sich alles nur Erdenkliche.

Von Rumi bis zur Liebespoesie der Schoschonen – »Es ist nicht der Geist noch ein Vogel, sondern mein Herz, das tanzt, dort unter den Weiden. Es ist kein wildes Tier auf der Lauer, sondern mein Herz, das tanzt, Wakuba, Wakuba, dort unter den Weiden.« –, von Böhme, der rätselhafterweise behauptet, das Herz sei das innere Feuer des Herzens, bis zu Moses Maimonides und zur *Nymphengrotte.* All das im Rahmen seiner Rede über die Anatomie. Wenn man da überhaupt von Anatomie sprechen kann. Vielleicht sollte man nicht zu streng sein. Der Dichter – und mein Bruder war (wie wir alle übrigens) in dieser ewigen Verschwörung gegen sich selbst ein bemerkenswerter Dichter – muß seine verstreuten Gedanken überall zusammensuchen. Und sie dann mit dem Epoxharz der Phantasie verbinden. Er brillierte darin. Bei Herodot, diesem Exzentriker, der die Donau als Gegenstück zum Nil betrachtete, fand er eine Weltkarte, die an das Schema des Sagittalquerschnitts des Menschengehirns, von der linken Seite aus betrachtet, erinnert. Auf dieser Gehirnkarte, die, zugegeben, ein wenig schief ist, gelang es ihm, die Mittelmeergegend festzulegen. Es stellte sich heraus, daß sie der Septalgegend des limbischen Systems entsprach, evolutionsgeschichtlich einer der ältesten Gehirnregionen. Dann beruft er sich auf ein

Experiment, das in New Orleans ausgeführt wurde. Ich nehme an, das hat er aus einem meiner Lehrbücher. Bei einer Operation am offenen Gehirn stimulierte der Neurochirurg R. G. Heath mit Elektroden den Septalbereich seiner Patienten, was zu einer Zunahme der Erinnerungskraft führte wie auch generell zu einer optimistischeren Lebenseinstellung und Steigerung der sexuellen Erregbarkeit. Ein ehemaliger Boxer mit Schädeltrauma und an angeblich irreversibler Impotenz leidend – wir wissen nicht mehr über ihn, aber wir können ihn uns gut als unrasierten Mann überdurchschnittlicher Größe mit chirurgisch rekonstruiertem Gebiß vorstellen, ein Männchen der Gattung *Homo*, das das Leben liebt, eine gute Rempelei und einen ordentlichen Schluck zu trinken, das Adjektive verabscheut und in kurzen, abgehackten Sätzen spricht, was also heißt, das wir uns an seiner Stelle, sagen wir mal, Hemingway oder Dowlatow vorstellen können –, dieser Boxer also hatte kaum fünfzehn Sekunden nach der Stimulation der Septalregion eine gewaltige Erektion und verlangte, daß man ihn unverzüglich aus der Klinik entlasse, denn er müsse eine Kassiererin, die er kürzlich kennengelernt habe, verführen. »Mag sein«, schreibt mein Bruder, »das vom guten alten Mittelmeer auch nichts anderes zu erwarten war. Aber man sollte sich nicht täuschen. Die Grenze zwischen Symbolismus und mystischem Hirngespinst ist nicht immer deutlich bestimmbar. Es geht nicht darum, daß die Welt ein Körper sei, der Körper des Ur-Adam, wie die Kabbalisten und Rosenkreuzer glaubten. Es geht darum, daß wir lebendige Spiegel des Universums sind. Deshalb erscheint die Wahrheit, wenn sie denn erscheint, als Rabelaissche Erzählung, in der das Gold unter einem Haufen Albereien, Häresie und Spott vergraben ist. Die Natur ist ein Wunder.« Wie dem auch sei, am meisten interessierte ihn das Herz. »Das Herz ist das Haus der Kunst: nicht das Gehirn, nicht die Eier, sondern das Herz … (hier wird der Text unleserlich) … Paradox ist, daß es zugleich fragil und kraftvoll ist. Darin liegt sein Mysterium: Es ist das Geheimnis des Menschlichen an sich.« Einerseits, schrieb er, genügt, um es anzuhalten, ein wenig Kaliumchlorid, in die Vene gespritzt. Die Lösung wirkt rasch, unterbricht die elektrischen Impulse, ohne die der Herzmuskel nicht arbeiten kann. Für einen Moment scheint das Herz wie unschlüssig, flimmert wie eine Neonröhre und bleibt dann stehen. Und das war's. Andererseits ist dieses hochempfindliche Materiehäufchen (meint er) so komplex, daß es sogar zum Ausgangspunkt jener epochalen Ereignisse werden kann, für die die Geschichtsschreibung später vergeblich nach Erklärungen sucht. »Das Herz«, lehrt uns Maimonides, »ist der Quell aller Bewegung; der geistigen, physischen, geschichtlichen. Dafür gibt es unzählige Beispiele. Jedes Schulkind kann heute die Geschichte vom Attentat in Sarajevo herleiern, jeder Amateurhistoriker ist imstande, die Archive zu durchstöbern und seine eigene Theorie zu entwickeln über die Gründe, weshalb es anschließend zum Kriegsausbruch kam. Aber nur wenige würden zugestehen, daß im Kausalzusammenhang, der zu diesem schrecklichen Krieg führte, auch das Herz eines starrköpfigen und brutalen Menschen, wie es der Erzherzog Ferdinand war, eine Rolle spielte. Nicht einmal Zweig, einer der scharfsinnigsten Chronisten der Welt von gestern, konnte das zugeben. Und doch ist es eine Tatsache. Zwischen all den höfischen Intrigen, der Unfähigkeit der Diplomaten, dem serbischen Hochmut und Stolz, dem Druck der Schweinezüchter und der Waffenfabrikanten von Krupp, zwischen all dem findet sich in der Kette der Ereignisse, die unweigerlich zur Zerstörung und Auslöschung unzähliger Menschenleben führten, Ferdinands Liebe zu seiner Ehefrau. Weshalb ging dieser Herr ausgerechnet zu einem Zeitpunkt nach

Sarajevo, von dem man ohne Übertreibung behaupten konnte, er sei äußerst gefährlich gewesen? Der 28. Juni 1914 war der vierzehnte Hochzeitstag von Ferdinand und Sophie. Deren Vermählung war wegen der niederen Stellung der Braut in der dynastischen Hierarchie nicht auf Zustimmung gestoßen. Ferdinand hatte mit seiner Wahl die ausdrückliche Anordnung seiner Familie mißachtet. Weshalb ihnen die Hofintriganten pausenlos das Leben schwermachten. Was? Irgend so eine dahergelaufene *Comtesse* soll vom Thron träumen? Niemals. Der Erzherzog kam deshalb zusammen mit Sophie nicht in den Genuß der Ehren, die gewöhnlich einem Erbprinzen zustehen. Doch wenn er mit ihr auch nicht auf einem offiziellen Empfang erscheinen oder mit ihr als Repräsentant der Monarchie auf Reisen gehen konnte, so war ihm dies gestattet als Oberbefehlshaber der österreichisch-ungarischen Armee. Das Militärprotokoll ließ dies zu. Und deshalb ist er nach Sarajevo gekommen. Offizieller Reisegrund war eine Truppenvisite, in Wahrheit aber wollten sie den vierzehnten Jahrestag ihrer problematischen Verbindung gemeinsam begehen; eine Gelegenheit für den Erzherzog, sich mit der von ihm geliebten Frau in der Öffentlichkeit zu zeigen, so daß auch sie schließlich, wenn auch nur kurz, an seiner Bedeutung und Größe Anteil hätte. Kann man ihm daraus einen Vorwurf machen? Die Herzklappen sind die Flügel chinesischer Schmetterlinge, deren zartes Vibrieren die Zerstörung und Verwüstung selbst entfernter Kontinente hervorrufen kann.« Ich bin mir nicht sicher, weshalb er gerade Franz Ferdinand als Beispiel wählte; sogar der feinfühlige und nostalgische Zweig hat ihn als Erzidioten beschrieben. Es könnte sein, vermute ich, daß dies mit einem Zwischenfall im Kino *Arena* von Novi Sad zu tun hat. Wir schauten uns gerade *Oberst Redl* an. Wollen wir Zweig glauben, der behauptet, Redl gekannt zu haben, dann war dieser nicht ein Oberst, sondern ein Hauptmann, und der Krieg resultierte aus dem historischen Zusammenspiel verschiedener Kräfte, für die das Attentat gerade recht kam. Die ganze Affäre – das behauptet nicht Zweig, sondern das sind die Schlüsse, zu denen mein Bruder und ich nach jenem Kinoabend aufgrund weiterer Erkenntnisse gelangten – war eine Kombination aus Dummheit, Zufall und Inkompetenz, die, hätte sie nicht einen so tragischen Ausgang für die Geschichte Europas gehabt, das Zeug zu einer echten Balkan-Komödie gehabt hätte. Wir wissen bereits, weshalb Ferdinand nach Sarajevo ging. Fügen wir hinzu, daß die tolpatschigen

Agenten des serbischen Geheimdienstchefs Apis ihre Arbeit mit gewohnter Nachlässigkeit verrichteten, mit Ach und Krach und eigentlich eher zufällig; wie unsere Fußballer, sagte mein Bruder. Der erste Desperado hatte seinen Revolver nicht rechtzeitig gezogen; dem zweiten tat die arme Sophie plötzlich so leid, daß er fortging und einen Burek aß; der dritte hatte seine Bombe so geschickt geworfen, daß er ein riesiges offenes Automobil verfehlte. Und schließlich: Wäre der Chauffeur von Franz Ferdinand nicht ein wahres Genie des Lenkrads gewesen und hätte er nicht den Rückwärtsgang eingelegt, so wäre die ganze Angelegenheit ins Wasser gefallen. Um auf Zweig und seine Rekonstruktion der Ereignisse in Wien zurückzukommen, sind sich die Herren Habsburg erst ein paar Tage später darüber klar geworden, daß die Ermordung des Thronfolgers – um den man bei Hofe so sehr trauerte, daß man ihn nicht in der Familiengruft, sondern in irgendeinem gottverlassenen Kaff mit Namen Artstetten beisetzte und so auch symbolisch *an den Arsch der Welt* schickte – ein idealer Vorwand war, um sich mit den Serben zu überwerfen und so den Interessenkonflikt zwischen den serbischen und ungarischen Schweinefleischexporteuren zu lösen. Doch das alles ist nicht wichtig. Die Weisen, die die Geschichtsbücher verfassen, stellen das Attentat von Sarajevo als Metapher dar: Für die einen ist das die Geschichte einer schändlichen Tat, auf welche die Monarchie massiv reagieren mußte, für die anderen ist es eine heroische Geste der Vaterlandsliebe, die Wien für seine eigenen düsteren Absichten benutzte. Deshalb beginnt oder endet, ich erinnere mich nicht mehr genau, der Film über den Oberst Redl mit einem Dokumentar- oder Pseudodokumentarfilm über das Attentat von Sarajevo, Schauspiel einer vollkommen absurden Tat, die, genährt von den Interessen der Schweinefleischlobby, sich auswuchs zum Symbol der Vernichtung Europas. Hinter meinem Bruder und mir im Kinosaal saß ein Mann mittleren Alters, der einen Regenmantel trug. Auf dem Schoß hatte er einen großen Attachékoffer. Ich erinnere mich, daß er uns mehrmals aufforderte, die Kürbiskerne, die wir knabberten, wegzuwerfen. Die Albaner, sagte er, pissen da drauf, deshalb sind sie so salzig. Mein Herr, woher wissen Sie, wie das schmeckt, fragte mein Bruder, haben Sie schon mal probiert? Hör mal, du kleiner Scheißer, meinte der Kerl im Mantel, ich kann dir auch über die Rübe pissen, dann weißt du, wie das schmeckt. Und außerdem bin ich kein Herr, fügte er hinzu, ich bin Genosse. Als das Attentat über die Leinwand flimmerte, sprang unser Genosse so überraschend auf, daß der Attachékoffer gegen meinen Hinterkopf knallte. Er brüllte aus Leibeskräften: Gut gemacht! Bravo! Heil dir im Siegeskranz! Das hast du gut hingekriegt, du Scheißschwuchtel! Ha! Gavrilo Princip hat's dir ganz schön gezeigt. Unser besonderes Pech war, daß der erwähnte Gentleman wie wir einen kompletten Satz Eintrittskarten für das kleine Filmfestival von Novi Sad hatte. Die ganze Woche saß er hinter uns und beglückte uns mit seinen Kommentaren. Bei *Pale Rider* zählte er laut die eliminierten Übeltäter mit und warnte Clint Eastwood jedesmal, wenn sich jemand von hinten an ihn heranschlich; bei *Brazil* schrie er, man habe ihn übers Ohr gehauen, und verlangte sein Geld zurück. Ich hätte ihn am liebsten zum Teufel geschickt, aber mein Bruder hinderte mich daran. Warum regst du dich auf, der Typ ist offensichtlich ein Jünger der Filmkritiker-Schule von Tirke. (Für besagten Kritiker faßte sich jedes Fehlen von wilder Action, von Schweiß und Blut, alles, was intellektuell wirkte, mit folgendem Urteil zusammen: »Von Idioten für Deppen gemacht.«) Nach diesen Zwischenfällen sprachen wir oft über Gebrauch und Mißbrauch von Geschichte. Deshalb erwähnte mein Bruder vielleicht die Episode mit dem Herzen des armen Ferdinand. In den Fragmenten seines Textes, soweit sie mir zur

Verfügung stehen, entwickelt mein Bruder im weiteren Verlauf – nach einer kurzen Abschweifung über die Etymologie des umgangssprachlichen Neologismus *palamassieren* – die Theorie des Gregor Palamas über die strahlende Wolke des Berges Tabor und die Theophanie, zu der es angeblich nach geduldiger Wiederholung des Gebets Jesu Christi kommt. »Ist es eine Frage der Physiologie, wie das Yoga oder das islamische Ritual des *dhikr*, einer Übung, in der Atem und Herzrhythmus völlig zusammenschmelzen? Oder geht es um etwas ganz anderes, Höheres? Darüber kann man nicht auf vernunftbegründete Weise sprechen. Die Unverständlichkeit gehört zum Wesen des Herzens.« Vielleicht hatte er recht, dachte ich. Ich legte den Bericht zur Seite und nahm den Brief aus der Hemdtasche. Ich wählte die Nummer des »Kundendienstes«. Alle unsere Mitarbeiter, sagte eine synthetische Frauenstimme, sind derzeit besetzt. Bitte haben Sie einen Augenblick Geduld, sagte die Stimme. Darauf folgte Musik. Nach einer Viertelstunde dieses Wartesaalgedudels, dieser Arrangements von Schlagern von Phil Collins oder Whitney Houston, ertönte eine andere, diesmal männliche Stimme. Sie erzählte eine anrührende Geschichte über das Schicksal des Modefotografen Jonathan Ackermann. Auf dem Höhepunkt seiner Karriere hatte Ackermann, aufgrund eines genetischen Erbfehlers, das Augenlicht verloren. Dank der Spende einer großherzigen Familie, deren Tochter bei einem Verkehrsunfall ums Leben gekommen war, erhielt Ackermann die Hornhaut des Mädchens. Jonathan Ackermann, sagte die Stimme, hat seine Arbeit als Fotograf wiederaufgenommen; er kann wieder sehen, dank Ihnen und Menschen wie Ihnen. Dann folgte wieder Musik. Nach einer weiteren Dosis Phil Collins war eine unerträglich fröhliche Frau am Ende der Leitung. Es folgte eine längere Befragung meiner Personalien, um sicherzugehen, wer ich sei, und falls ich ich sei, ob ich das auch beweisen könne, und wie. Wir bekamen uns an diesem Punkt ein wenig in die Wolle, doch schließlich berichtete sie mir alles, was ich von ihr erfahren konnte: »Ihr Bruder starb an einer Kardiomyopathie unbekannter Ursache.« Ich dankte ihr. Sie dankte mir. Hier bedankt sich jeder gegenseitig ohne den geringsten Grund. Ich trank noch einen Schluck oder zwei von meinem entkoffeinierten Cappuccino und kehrte in die Bibliothek zurück. Ich holte mir ein paar Bücher und setzte mich in einen der Ledersessel im Lesesaal. Über Kardiomyopathie weiß man nicht viel. Das Herz wächst aus unbekanntem Grund, wird größer und dehnt sich aus, es kommt zu einer Veränderung seiner Gewebestruktur; genaugenommen wird der Herzmuskel kräftiger. Aber es ist genau diese Überentwicklung des Herzens, das zu Elastizitätsverlust führt und die effektive Pumpfähigkeit vermindert; was schließlich zum Tode führt. Bei der Autopsie ist das Herz dann blaß und ungefähr dreimal so groß wie ein normales Herz; es wiegt durchschnittlich neunhundert Gramm. Das Phänomen scheint bei Farbigen häufiger vorzukommen. Manche Patienten erleben eine Spontanheilung, während andere daran sterben. Die Therapien sind manchmal wirksam, manchmal nicht. *Et cetera.* Der Rest meiner Nachforschungen blieb ebenso erfolglos. Als ich damit fertig wurde, war es bereits Abend. Ich kehrte in mein Büro zurück. Meine Kehle war trocken. Ich nahm noch einen Schluck kalten Cappuccino ohne Koffein, der jetzt nicht einmal mehr nach Vanille schmeckte. Ich zog meine Jacke an und verließ das Gebäude. Nach sechs oder sieben Stunden in der Bibliothek, dachte ich, während ich das Eis vom Auto kratzte, ist alles, was ich über seinen Tod zu sagen weiß, daß er an einer Kardiomyopathie unbekannter Ursache gestorben ist oder auch am sogenannten Syndrom des zu großen Herzens. Und doch erschien ganz deutlich ein Bild vor meinen Augen; es erschien und hinterließ einen bitteren Nachgeschmack, den die Wahrheit manchmal hat. Ich behaupte nicht, das sei die Wahrheit (die, überdies, nicht einfach so meinem Kopf entspringen kann wie Athene dem Haupte Zeus'). Ich versuche auch gar nicht, Schlußfolgerungen daraus zu ziehen, ich wage es nicht einmal, an mögliche Erklärungen zu denken. Ich betrachte nur die nackten Tatsachen und reihe sie eine nach der anderen auf. Mein Bruder stößt auf den Körper eines toten Spatzen und beginnt das Gebet Jesu Christi zu sprechen. Er rennt über die Brücke in die Stadt. In derselben Nacht verschwindet er. Zwölf Jahre später, in seinem dreiunddreißigsten Lebensjahr, stirbt er an einem zu großen Herzen. Man findet seine Leiche, es spielt keine Rolle, wie und wo. Man bringt ihn ins Krankenhaus. Schnitt. Ein mit himmelblauen Kacheln gefliester Raum. In der Mitte ein Tisch, bedeckt mit einem grauen Tuch, unter dem sich die Umrisse eines menschlichen Körpers erahnen lassen. Im rechten Winkel dazu, auf einem Tisch ähnlicher Größe, ordentlich aufgereihte Instrumente. In einer Ecke des Raumes ein Plastikskelett. Eine Gestalt in dunkelgrünem Kittel steht an der Tür. Das Echo der Schritte, als sie zum Tisch geht. Ich glaube, daß sie zuerst das OP-Besteck inspiziert. Das mittlere Messer, gut zwanzig Zentimeter lang, mit abgerundeter

Spitze, zum Aufschneiden der Haut und des subepidermalen Gewebes; die Knochenfeile, um die Knochen von der Beinhaut und den weichen Partien zu trennen; die geschwungenen Sägen zum Öffnen der Schädelknochen; die geraden zum Durchtrennen der Knochen in den Körperhöhlen; der Hammer; der Hohlmeißel, um Markröhren zu öffnen; das große Messer, dreißig Zentimeter lang, zum Herausschneiden des Gehirns und des Herzens; das kleine Messer, das Skalpell, für präzisere Schnitte und die feinere Sektion des Gewebes; die große Schere für die Eingeweide; die kleine Schere für das Gewebe; Pinzetten; eine Balkenwaage; Emailbecken zum Ausspülen der Eingeweide; Schalen aus Inox für die entnommenen Organe; gläserne Meßbecher; Nadeln zum Zunähen der Leiche, ein Faden zum Abbinden der Organe, eine Knochenschere, eine Knochenzange; Schwämme, eine Lupe, ein Lineal, ein Zirkel, ein Metermaß, Reagenzgläser, Pipetten, Häkchen, ein Katheter, Rasiergerät und eine Schermaschine. Alles da. Sie prüft die Schneiden. Sie sind geschliffen. Nur so (ich zitiere das Handbuch der Belgrader Universität) kann man mit ihnen sezieren, »ohne hängenzubleiben und Zeit zu verlieren«. Auch er ist da. Unter dem Leintuch. Mein Bruder. Das ist jetzt nur noch ein kalter, kreidebleicher Körper – von dem man nie mehr mit Bestimmtheit wird sagen können, ob es der Körper eines Pumas oder eines Kojoten war, denn dieser Körper ist jetzt leblos, aller Geheimnisse beraubt, traurig in all seiner lächerlichen Mechanik, die nun auch noch verschwinden wird, Platz machen wird für die Biologie, die Chemie, die Geschichte – ich aber betrachte diesen Körper nach wie vor als meinen Bruder. Nur noch eine Armeslänge Abstand liegt zwischen ihm und dem Mann der Kunst. Wie von Zauberhand verschwindet der graue Überwurf. Es ist Zeit, Osiris. Wir sollten sie nicht vergeuden. Die Magensäfte werden bald das wertvolle Gewebe angreifen und es in posthumer Verdauung zu zersetzen beginnen. Die Natur ist ein Wunder. Zum Glück ist die Hornhaut gesund; ein neuer Ackermann wird sich glücklich wissen. Die Haut ist jung und sauber: ein halber Quadratmeter, sorgfältig der Brust, den Schenkeln, den Waden und dem Rücken entnommen, wird bald den Weg finden zu Herstellern kosmetischer Präparate und in Schönheitskliniken und noch weiter, vielleicht, bis zu den Lippen von jungen Mädchen, die Lorraine heißen, oder zu den Schwänzen reicher junger Männer namens Gerry. Den Kopf wird man abtrennen. Er ist nunmehr im Besitz des Verkehrsministeriums, wo er zur Erprobung von Airbags in der Automobilindustrie dient. Die Knochen werden zermahlen und bei chirurgischen Eingriffen an den Wirbeln und den Zähnen verwendet. Das Herz ist Abfall. Es landet, zusammen mit dem restlichen unbrauchbaren Material, im Ofen. Die Asche wird danach in eine schwarzlackierte kleine Blechschachtel verpackt und den nächsten Verwandten zugeschickt. Gewiß wird man mir glauben, wenn ich sage: Nie zuvor sehnte ich mich so sehr in die Arme meiner Frau, nie zuvor verspürte ich einen solchen Wunsch, in sie einzutauchen, in ihr zu verschwinden, mich aufzulösen. Ich stellte den Wagen vor dem Haus ab. Die Lichter waren aus. Der Himmel war schwarzblau, fast indigo. Es wird schneien, dachte ich. Aus dem Schornstein des Ateliers meiner Frau erhob sich dichter dunkler Rauch und ergoß sich über die gekrümmte Oberfläche des Universums wie Farbe, die von einem Schüler auf feuchtes Aquarellpapier verschüttet wurde. Ich drückte auf die Hupe, dreimal, ganz kurz: Auch das ist ein Liebeszeichen, so unbeholfen und unvollkommen wie jedes andere. Ein Schwarm schwarzer Vögel erhob sich vom nahe stehenden Baum, ließ seine Niedertracht in taubeneigroßen Salven auf meine Windschutzscheibe niederprasseln, und verschwand hinter der Rauchwolke.

Allegro non molto

Das Haus roch nach Tabak und Basilikum. Der alte Eisenofen glühte in der Ecke. Meine Hand, die gewohnheitsmäßig zum Lichtschalter griff, hielt einen Augenblick inne, als gehörte sie nicht mehr zu mir. In der Geometrie der Dunkelheit besitzt die Physik des Lichtes keine Gültigkeit mehr. Ist das möglich? Ist das wirklich so? Ja. Wenn ich das, was ich von meinem Bruder gelernt habe – natürlich wäre es Berufsskeptikern ein leichtes, die Tatsächlichkeit seines Wissens und meine Fähigkeit, es zu verstehen, in Frage zu stellen; ich selbst neige zu solchen Zweifeln; und doch wage ich zu behaupten, daß der Zweifel ohne den Glauben nicht die geringste Bedeutung hat, weshalb auch die Bewunderung des paranoiden Krösus, genauso wie Glauben ohne zu zweifeln, nur in eine Ekstase des Stotterns führt –, wenn also das, was ich von meinem Bruder gelernt habe, was auch immer *das* sein mag, auf einen einzigen summarischen Satz verkürzt werden müßte, dann wäre dieser Satz, glaube ich, folgender: Ich glaube (ich möchte glauben, denn auch er glaubte daran), daß in jedem noch so geringen Pröbchen des Schlamms, aus dem wir geschaffen sind, so klein und unbedeutend es auf den ersten Blick auch scheinen mag, sich jene Substanz finden läßt, die in den glühenden Öfen der Seele schmilzt, die schmilzt, hart wird, erkaltet, um schließlich zu dem zu werden, was wir manchmal Poesie nennen. Schauen wir die Dunkelheit an, die uns umgibt. Schauen wir sie an, bevor der rätselhafte Puppenspieler meine Hand weiterbewegt und sagt: Es werde Licht! Ein dunkelroter Schimmer dringt durch das Ofenfenster wie ein Gespenst, das durch Wände geht. Die Windstöße fachen die rotglühende Asche der Birkenscheite immer wieder an, beleben kurz das Feuer, das gleich darauf im eigenen Rauch wieder erstickt und verkümmert, wie ein Greis, der den Wunsch hat zu leben und zugleich lebensmüde ist. Meine Hand gleitet weiter; die Finger berühren den Schalter. Und es ward Licht. Auf dem Tisch kann man drei kupferfarbene Schüsseln sehen mit Oliven, gerösteten Mandeln und Ziegenkäse. Daneben: ein Brett mit Brot und Rohschinken, eine Flasche Rotwein und zwei Kerzen, die darauf warten, angezündet zu werden. Ein Bild unseres Lebens. Vielleicht ein nicht ganz alltägliches, sondern ein eher feierliches, und doch ein nicht völlig außergewöhnliches Bild aus unserem, sagen wir es offen, *Landleben.* Früher, und das ist eigentlich gar nicht so lange her, vielleicht ein paar Jahre, als ich gewisse Illusionen über die Alte und Neue Welt, über die Welt generell an den Nagel hängte (denn der Begriff »Welt« selbst ist nur ein Trick der Sprache, ein Trugbild, hinter dem sich nichts verbirgt als ein Karneval der Wörter und der ewig stummen Noumenone), stellte ich mir vor, daß wir in einem Dorf am Stadtrand von Zrenanjin leben würden, im Haus meines Großvaters. Ich malte mir das Wohnzimmer aus mit dem gußeisernen Holzofen und die schneeverwehte Ebene; den Fluß und den kleinen Marktflecken an dessen Ufern; schwere, eiskalte Daunendecken; die Glasvitrine, in der neben birnenförmigen Flaschen und mit dem Boden nach oben gekehrten Schnapsgläschen die eingerahmte Fotografie eines lachenden jungen Mädchens steht – ihre Augen so hell wie blaßgrünes Craquelé –, eines Mädchens, das einen jungen Mann in Jackett umarmt, jemanden, der vielleicht nicht ich bin, der ich aber hätte sein können oder gewesen sein können, jemanden, dessen Gesicht an meines erinnert ohne die Narben der Windpocken oder die Lebenslinien auf der Stirn, Linien, die nirgends mehr hinführen. Und da – Musik, ein Tusch! –, nun leben wir am Rand eines eingefrorenen kanadischen Städtchens, dessen Namen Sie noch nie gehört haben, in einem Haus nahe am Fluß. Ist es nicht erstaunlich, wie die Träume manchmal, nicht immer, dem Staub und der Asche unserer Wirklichkeit Leben einhauchen? Wir spielen im Schlamm des Begehrens wie der schwachsinnige Epimetheus, modellieren Geschöpfe, die plötzlich zum Leben erwachen, die die feinen Membranen unserer Erwartungen zerreißen und auf uns losgehen, so unheimlich wirklich wie Kinderalpträume. Doch wozu, Herr, diese Lyrik? Wo habe ich all diesen Schlamm her, diesen Schlick, diesen Dreck und Staub? Und wo liegt das Drama darin? Die Handlung, die Intrige, das Abenteuer? Entschuldigen Sie. Hier ist alles verlangsamt, wie eine Kutsche in der aufgeweichten Erde oder im Schnee, egal. Die Wörter nehmen die Dimensionen von Äonen an, die man nur sehr schwer, oder eigentlich gar nicht mehr, wieder auf Wörter reduzieren kann; wie eine Fuge, der sich unaufhörlich neue Stimmen anschließen. Nein, dies ist keine Fuge, selbst wenn der ständige Wechsel zwischen Hauptthema und den Episoden dies glauben machen könnte. Eine Fuge ist nur ein leeres Spiel der Form, eine musikalische Schrift, die auf alles Wirkliche verzichtet, so daß ihr nichts übrigbleibt, als sich selbst bis in alle Ewigkeit nachzuahmen und fortzusetzen. Nein, das ist keine Fuge. Ein Concerto, vielleicht. Am Morgen erhielt ich die Überreste meines Bruders in einer verkratzten Blechbüchse: *Allegro.* Ich erfuhr, daß sein angeschwollenes Herz in den Müll geworfen und zusammen mit der Lunge, der Leber und anderen Innereien verbrannt wurde: *Largo cantabile.* Meine Frau weiß nichts davon und möchte mit mir eine Freude teilen, die vorläufig nur ihre ist. Das Feuer im Ofen und die kupferfarbenen Schüsseln mit Oliven, Mandeln und Ziegenkäse, das Holzbrett mit Brot und Rohschinken, die Kerzen und die Rotweinflasche auf dem Tisch, das alles kündigt ihren Wunsch an, in aller Intimität und Bescheidenheit etwas mit mir zu feiern, was ihr viel bedeutet. Mir jedoch ist nicht nach Feiern zumute. Dieser Gefühlskonflikt, dieses im Entstehen begriffene Drama könnte dargestellt werden durch das System von Gleichungen, das unsere Ehe regelt: Sie ist der Jasmintee, ich der Zitronensaft. Eine merkwürdige Kombination, die uns aber wohltut. (Wir sind so verschieden, sagt sie. Wir sind ein Zauberkreis, antworte ich ihr.) Unter der Flasche fand ich eine mit rotem Filzstift auf ein Stück zigarettenschachtelgroßes Papier geschriebene Nachricht: *Komm ins Atelier! Deine Frau, die Dich liebt!* Rechts unten in der Ecke: ein kleines stilisiertes Herz. Sie haßt stilisierte Herzen. Besonders, wenn sie rot sind. Ich glaube, sie hat bisher überhaupt nur ein- oder zweimal – diese Nachricht hier nicht mitgerechnet – das Ausrufezeichen verwendet. Das erste Mal, als ich sie überraschen wollte mit einem Schweinsnierchenpaprikasch. Am Tag zuvor hatte sie geklagt, daß ihr die heimische Küche fehle, daß ich ihr im Haushalt nicht helfe und so weiter. Ich rief bei ihrer Mutter an und notierte sorgfältig das Rezept. Ich kochte den ganzen Nachmittag lang, fügte Horgoschpaprika bei, grob geschnittene spanische Zwiebeln und *Vegeta*®, die beliebteste Speisewürze vom Balkan. (Wir verbrauchen *Vegeta*® in solchen Mengen, daß Herr Ma, der chinesische Lebensmittelhändler hier um die Ecke, übrigens ein glühender Verehrer unseres Schauspielers Bata Živojinović und der Filme des jugoslawischen Widerstands, uns Mr. und Mrs. Vegeta nennt. Schönen Tag noch, Mrs. Vegeta! Es ist frische *Vegeta*® eingetroffen, Mrs. Vegeta … Ha, ha, ha!) Ich probierte ab und zu. Ich ließ ein wenig Soße in die Schöpfkelle gleiten – in eine der drei verschieden großen Schöpfkellen, die meine Frau in Mr. Mas Delikatessentempel gekauft hatte, aus dem einzigen Grund, weil MADE IN YUGOSLAVIA auf der Packung geschrieben stand – und kostete ganz vorsichtig die Spezialität. Widerlich, dachte ich, aber wenn sie's mag ... Als sie aus dem Atelier kam, schaute sie uns ungläubig an: zuerst mich, dann den Topf. Sie trat an den Herd, lupfte den Deckel und rief: Das ist kein Schweinsnierchenpaprikasch, das sind Schweinsnierchen in Pisse! (Meine liebe Schwiegermama hatte vergessen zu erwähnen, daß die Zubereitung nephrologischer Spezialitäten ein vier- oder fünfmaliges Wechseln des Kochwassers erfordert.) Wir versuchten, den Festschmaus Phoebe unterzujubeln, doch sie beschnüffelte einfach nur ihren Napf, hob das Bein – unsere Hündin pinkelt wie ein Männchen, woraus man schließen kann, daß das Geschlecht nichts als ein kulturelles Konstrukt ist, ein Produkt des geltenden patriarchalischen Systems – und spritzte ein paar gelbliche Tropfen genau in die Mitte meines Kochkunstwerks. Die zweite Gelegenheit aber, ein Ausrufezeichen zu gebrauchen, bot sich meiner Frau im Schlaf. Ja, meine Frau spricht manchmal, wenn sie träumt. Ich weiß nicht, ob das gilt. Aber wenn Ihre Lebensgefährtin Sie in den frühen Morgenstunden wecken würde mit dem Ausruf: »Nein, mit dem kann ich nicht, der ist minderjährig!«, würden auch Sie, da bin ich sicher, dieses Interpunktionszeichen bemerken. Das dritte Mal … doch belassen wir's dabei. Machen wir eine Pause. Man soll nichts überstürzen. Unser Rhythmus sollte schleppend, aber beharrlich sein, wie ein Nachmittagsspaziergang nach einem guten Glas Weißwein; aber keinesfalls so, als hätten wir einen Humpen Fingerhut, *Digitalis*, getrunken – den Nektar, der träge gewordene Herzen anspornt und überall nackige Cherubim mit Pfeil und Bogen und Leuchtringen überm Kopf erscheinen läßt. *Allegro non molto.* Und da ich über sie, über uns schreibe, sollte ich einfach sagen: Ich liebe sie. Aber es ist unmöglich, über die Liebe zu schreiben. Sie ist eine Gabe und entgleitet deshalb der primitiven Zeichenökonomie, sie existiert nur in dem Raum, der mit Wörtern nicht umschrieben werden kann. Dies behauptete zumindest mein Bruder, und er verstand sich (ich glaube, das habe ich bereits erwähnt) aufs Wesentliche. In seinen Notizen steht, stand ein Fragment über die Gabe. Davon sind jetzt nur noch fünf oder sechs Absätze übriggeblieben. Offensichtlich muß ich mich doch wieder der verschrienen biographischen Methode bedienen. Ich glaube, ich hoffe, daß einige Details aus seinem Leben jene wenigen

Sätze erhellen werden, die ich noch zu zitieren vermag. Man könnte als Kontext für seine Meditation über die Gabe ein paar scheinbar zusammenhanglose Ereignisse aus der Gymnasialzeit nehmen. Dann müßte man jede einzelne dieser Proben aufmerksam untersuchen und im buntscheckigen Haufen anderer, tieferer Sedimente jener Geologie betrachten, die wir Geschichte nennen. Das ist ein bißchen wie seine Lieblingstorte, die Marquise, die man auch nicht mit einem flüchtigen Blick auf die fünfundzwanzig in flüssiges Karamel getauchten Löffelbiskuits begreifen kann. Mein Bruder hatte, als man ihn schmeichelhafterweise als hochbegabt bezeichnete, eine Klasse im Gymnasium übersprungen. Ich glaube, daß es den Lehrkräften unseres Systems des gemeinsamen Bildungswegs nicht mehr gelang oder sie keine Lust mehr dazu hatten, mit den Exzentrizitäten meines Bruders fertig zu werden. Ich sage nicht, es hätte ihm an Talent gefehlt; im Gegenteil. Doch sein Talent, wenn man das so nennen kann, sprengte den Rahmen des pädagogisch Klassifizierbaren. Kurz vor dem Ende der zehnten Klasse, um nur ein Beispiel zu nennen, wählte sein Serbokroatischlehrer als Aufsatzthema den damals besonders beliebten Slogan »Auch nach Tito immer noch Tito«. Mein Bruder begann seine Arbeit mit einer kurzen Darlegung von Nietzsches Theorie der ewigen Wiederkehr und schloß sie mit dem bizarren Zitat eines Mambohits, zu dem meine Eltern einmal, als sie allein zu sein glaubten, im Wohnzimmer das Tanzbein schwangen: *better two Titos than only one, better for dancing and also for fun.* In seiner, zugegeben, recht freien Übersetzung lautete das dann: Besser zwei Titos als nur einer, der Tanz, der ist dann reiner und die Laune feiner. Der Lehrer hatte natürlich keine Ahnung von den Umständen, in denen mein Bruder und ich uns für diese Art Musik begeistert hatten. Es mag heute vielleicht schwerfallen, sich die Ruhe vorzustellen, die in Novi Sad an einem Sonntag nachmittag im Juni Ende der siebziger Jahre herrschte. Versuchen wir es. Von diesem gesetzten Rahmen können wir ohne größeren Verlust den schweren Geruch der Lindenblüten abziehen sowie das zeitweilige quietschende Bremsgeräusch der Stadtbusse, die dumpfen Aufschläge des Fußballs im Innenhof, die rhythmischen Abzählverse der kleinen Mädchen, die Gummitwist spielen, das Gerassel eines Weckers um fünf Uhr nachmittags, das bruchstückhaft zu uns dringende Gespräch einiger Rentner auf der Gartenbank unter dem Fenster. Versuchen wir nun dieses Bild, oder genauer dieses Fehlen von Bild und Ton, lange genug im Bewußtsein zu bewahren, so daß uns das plötzliche Auftreten eines ungeheuren Lärms vom anderen Ende der Wohnung überraschen kann. Mein Bruder und ich springen ins Wohnzimmer und tauschen betroffene Blicke aus. Aus der Tosca 10 – die später im Müll landete – ertönen die Stimmen grölender Kubaner: *better two Titos than only one (ah, ah, ah, Tito Puente!), better for dancing and also for fun (oh, oh, oh, Tito Rodriguez!)*. Unsere Mutter lacht lauthals. Und jetzt, sagt unser Vater, zeigen wir diesen Rotzbengeln, was ein richtiger Mambo ist. Er fingert am Plattenspieler herum und legt den *Mambo italiano* auf. Bereits nach den ersten Takten schütteln sie sich, als hätte sie ein Stromschlag erfaßt. Mein Bruder und ich ahmen sie nach, doch sie achten nicht auf uns. Das waren, könnte man heute sagen, glücklichere Zeiten. Deshalb scheint mir auch die unausgesprochene Anklage, die von nun auf meinem Bruder lasten sollte, daß er nämlich wider Person und Werk des *leader maximo* gesündigt habe, völlig unbegründet. Und es gibt auch keinen Grund, daran zu zweifeln, daß die Assoziationskette, die, wenn auch über Nietzsche, von Tito zur kubanischen Musik und zum Mambo führte, die unmittelbare Frucht einer Zeit war, die mir und meinem Bruder, mag dies nun tatsächlich so gewesen sein oder nicht, als eine glücklichere Zeit erschien; unsere Eltern konnten damals noch lachen. Im übrigen war mein Bruder vom Tode Titos (ich meine Josip Broz, nicht Tito Puente) zutiefst erschüttert gewesen. Mich dagegen hat er kaltgelassen, wobei, in der Nacht nach seinem Tod verspürte ich eine vage Furcht, die die Geschichte später in äußerst unzweideutigen Begriffen artikulieren sollte. Am späten Nachmittag waren wir im Kino *Adria.* Ich sollte dorthin mit J. G. gehen, einem minderjährigen jungen Mädchen. Ich hatte zwei Karten für das *China-Syndrom.* Von dem Film wußte ich nur, daß er ziemlich langweilig sein sollte, also geeignet für die kleine Fummelei, auf die ich hoffte. Umsonst: Die noch minderjährige J. G. hatte es sich im letzten Augenblick anders überlegt. Ich nahm statt dessen meinen Bruder mit. Anfangs maulte er, denn er wollte eigentlich die Direktübertragung eines äußerst wichtigen Fußballspiels verfolgen, aber er willigte ein, als ich ihm vorschlug, das Radio mitzunehmen. So saßen wir im Kino *Adria* und schauten uns ein Hollywoodmärchen an, in dem ein Atomreaktor aus irgendeinem Grund außer Kontrolle geriet. Wenn es dem Helden mit den blendend weißen Zähnen und der markigen Kinnlade nicht gelingen würde, das Problem zu lösen, würde das radioaktive Magma direkt durch die Erdkugel hindurchschießen und irgendwo in China wieder an die Oberfläche treten. Ich weiß nicht, was dann geschah. Ich folgte der Handlung kaum; ich dachte an die verpaßte Chance, die mir, wie es immer so ist, allein durch die Tatsache, daß ich sie verpaßt hatte, noch glänzender erschien. Mein Bruder knackte Kürbiskerne und hörte sich das Match an. Die Soldaten, die hinter uns saßen, erkundigten sich ständig nach dem Spielstand. Nach einer Weile sah ich, wie mein Bruder unruhig den orangefarbenen Empfänger hin und her schüttelte, ihn in verschiedene Positionen hob, die Frequenz prüfte, am Lautstärkeknopf drehte, die Batterien herausnahm und wieder ins Gehäuse zurücksetzte, alles ohne Erfolg. He, Kleiner, wieviel steht's? fragte einer der Soldaten. Ich weiß nicht, sagte mein Bruder, das Radio ist hin. Kaum hatte er das ausgesprochen, als äußerst ernste Musik aus dem Lautsprecher ertönte. Sagen wir: Mahler. Mein Bruder wechselte den Sender, aber dort wartete ein schrecklicher Strawinsky auf uns. So viel Ernst, daß man sich am liebsten aus dem Fenster stürzen möchte. Jane Fonda auf der Leinwand (wenn das überhaupt Jane Fonda war) blickte sehr besorgt zu uns. Einer der Ausgänge hinten im Saal öffnete sich. Im hellen Rechteck der Tür erschien eine Gestalt in Habachtstellung. Die Silhouette eines Offiziers oder Polizisten läßt sich leicht an der Mütze erkennen. »Alle Soldaten sofort bei ihren Einheiten melden!« Die Stimme ist gesetzt, aber der Befehl ist in einem Ton ausgesprochen, der keinen Raum für Zweifel läßt. Die Soldaten setzen ihre Käppis auf und gehen hinaus. Das Radio dudelte weiter. Jane Fonda will etwas Wichtiges sagen, etwas, was Millionen unschuldiger Chinesen retten wird, doch genau in diesem Augenblick bricht die Vorstellung ab. Die Lichter gehen an. Die Leute blicken sich an. Sie wirken hilflos. Die Vorstellung wird verschoben, verkündet eine unsichtbare Frau über die Lautsprecheranlage und fügt hinzu, ein wenig leiser, *sotto voce*, als spräche sie eine ungeheure Blasphemie aus, ein obszönes Gebet irgendeiner archaischen Sekte: Präsident Tito ist tot. Man geht langsam hinaus wie bei einer Prozession. Niemandem fällt ein, das Geld für die Eintrittskarten zurückzuverlangen. Man hört nur das Geräusch der Sohlen auf dem Beton, da und dort Feuerzeuge, Zündhölzer, ein Flüstern. Auf dem Nachhauseweg sprach mein Bruder kein einziges Wort. Vor dem Schlafengehen kam er kurz zu mir ins Zimmer und nahm schweigend ein Buch aus dem Regal. Später, im Verlauf der Nacht, wurde ich von einem vagen

Angstgefühl ergriffen, das ich der Sorge um meinen Bruder zuschrieb; ich stand auf, um ein Glas Wasser zu trinken und um nachzusehen, ob bei ihm alles in Ordnung sei. Es war gegen drei, vielleicht halb vier. Die Eltern saßen in der Küche; sie hörten Radio France. Sie würdigten mich keines Blickes. Als ich in das Zimmer meines Bruders spähte (ich hatte bemerkt, daß bei ihm noch Licht brannte), sah ich neben dem Bett die *Ausgewählten Schriften Friedrich Nietzsches*. Ich hatte darin eine Woche zuvor zwei Zigaretten versteckt. Mein Bruder starrte an die Decke. Er war bleich. Das war seine erste Zigarette. Bruder Mistkäfer, sagte er, der Gott ist tot. Du widerlicher Schleimfink, sagte ich, du hast doch nicht beide …? Statt einer Antwort deutete er auf das Buch. Die übriggebliebene Zigarette steckte als Lesezeichen im Buch, wo der dreihunderteinundvierzigste Aphorismus aus der *Fröhlichen Wissenschaft* stand: »Dieses Leben, wie du es jetzt lebst und gelebt hast, wirst du noch einmal und noch unzählige Male leben müssen … Die ewige Sanduhr des Daseins wird immer wieder umgedreht – und du mit ihr, Stäubchen vom Staube!« Ich nahm die Zigarette und klappte das Buch zu. Ich wollte ihm etwas sagen (ich erinnere mich nicht mehr, was), aber er war inzwischen eingeschlafen. Ich deckte ihn zu.

Ich öffnete das Fenster und warf die Asche und die Kippe hinaus. Ich löschte das Licht und schloß die Tür hinter mir. Gute Nacht, Kojote … Es versteht sich von selbst, daß alle diese Einzelheiten, im Unterschied zu Nietzsche und zum Mambo, nicht in die Hausarbeit meines Bruders aufgenommen wurden. Bald danach erklärte man ihn für hochbegabt und schickte ihn in die zwölfte Klasse. Nach dem ersten Halbjahr ging er nicht mehr in den Unterricht. Die Lehrer warfen ihn raus, und er kam einfach nicht mehr zurück. Ich weiß nicht mehr genau, weshalb er nicht zurückkehrte, aber es ist nicht schwer zu verstehen, weshalb er rausgeworfen wurde. In einer Philo-Zwischenprüfung beispielsweise hatte er dem berühmten Jozo, genannt der Philosoph, einen wortwörtlich abgeschriebenen Auszug aus *Das Sein und das Nichts* untergeschoben. Er bekam eine Vier. Herr Professor, sagte mein Bruder, aber das ist Sartre. Jozo geriet in Harnisch: *Klugscheißer!* Geh mir aus den Augen! Ich will dich nicht mehr sehen! Das ganze Gymnasium raunte sich diese nur in Teilen wahre Geschichte zu: Jozo der Philosoph hatte Sartre eine Vier, Wittgenstein eine Fünf gegeben, aber Kardelj, dem Ideologen unserer Arbeiterselbstverwaltung, eine Note, die so imposant war wie die Definition der Nation. Im

Literaturunterricht erschien mein Bruder mit grüngefärbten Haaren; er behauptete, sein Name sei Charles. Die junge Lehrerin Dašić-Guld ließ sich auf das Spiel ein und nannte ihn fortan so. Gut, Charles, sagte sie, wenn wir schon die Ehre haben, dann laß uns etwas von deiner Poesie hören. Angeblich zündete er sich eine Zigarette an, blies der Dašić-Guld eine Rauchwolke ins Gesicht und sprach: *Du berückst mich wie der Abend, o Nymphe heiß und dunkel.* Als meine Eltern, auf die nachdrückliche Empfehlung des Schuldirektors hin, eine Psychologin ins Haus kommen ließen, eine korpulente Frau mit gerunzelter Stirn und toupiertem rotem Haar, ihres Zeichens Spezialistin für hochbegabte Kinder, lenkte mein Bruder das ganze Gespräch um in eine Erörterung über den Begriff der Gabe. Sie saßen im Wohnzimmer: meine Eltern auf dem Sofa, die Psychologin in einem Sessel meinem Bruder gegenüber. Ich tat, als schriebe ich an meiner Abi-Facharbeit in Geschichte. Es war dies mein bescheidener Beitrag zur großen Tradition der Kopisten des Mittelalters: ein schlampig zusammengeschusterter Digest, teilweise aufs Geratewohl abgeschrieben von irgendeiner Studie über den Dreißigjährigen, den Hundertjährigen oder sonst einen Krieg, ein Glied in jener unendlichen Kette der Kriege, die die

Gärten der Menschheitsgeschichte mit den purpurroten Blüten der Vernichtung zieren. Für diese Aktivität brauchte ich den großen Tisch im Eßzimmer. Durch das Milchglas in der Tür zwischen Eß- und Wohnzimmer sah ich die Umrisse meiner Eltern und meines Bruders, den Rauch der Zigaretten und die Feuerkrone der toupierten Psychologin, eine Haarkrone, die von Zeit zu Zeit vibrierte wie ein Schwarm Bienen. Mein Bruder war, genauso wie ich, allergisch auf Bienenstiche. Ich konnte ihre Stimmen jedoch deutlich vernehmen: »Du bist ein begabter Junge«, sagte die Frau, »du zeichnest, machst Musik, spielst Schach. Ich weiß, daß du dich in der Schule langweilst, aber wer eine Gabe besitzt so wie du«, sie hüstelte, »der ist der Gesellschaft und sich selbst gegenüber verpflichtet, diese Gabe zu entwickeln. Wenn ich dir zum Beispiel ein Buch schenken würde … du magst doch Bücher … dann wäre es nicht schön, wenn du das Buch einfach wegwerfen würdest, ohne es zu lesen, nicht wahr?« Mein Bruder schwieg eine Weile. Die Gabe, sagte er schließlich, ist ein Geschenk. Genau, sagte die Frau, und es ist nicht schön, wenn man ein Geschenk wegwirft, nicht wahr? Nein, das ist nicht schön, sagte mein Bruder. Nur, fügte er hinzu, wenn das Geschenk wirklich ein *Geschenk* ist, dann kann man von mir nichts als Gegenleistung erwarten; sonst handelt es sich nicht um ein Geschenk, sondern um ein Tauschgeschäft. Nein, sagte die rothaarige Dame, wir haben uns nicht wirklich verstanden. Wir verstehen uns ausgezeichnet, sagte mein Bruder. Sie wollen sagen, daß derjenige, der ein Geschenk erhält, im Gegenzug nichts Besonderes zu leisten habe, außer sich dessen bewußt zu sein, daß er es erhalten hat. So ungefähr, sagte sie. »Also«, sagte er, »ich schenke Ihnen ein Buch, einen meiner Versuche als Schreiberling oder irgendeinen Quatsch, der Sie nicht im mindesten interessiert, und Sie sind dann verpflichtet, diese Tatsache, wenigstens für einen Augenblick, in Ihrem Bewußtsein zu registrieren. Ja, werden Sie sich sagen, da habe ich jetzt diesen Müll geschenkt gekriegt. Aber damit haben Sie bereits einen bestimmten Preis bezahlt; es ist zwischen uns zu einem Tauschgeschäft gekommen. Sie halten so eine Nichtigkeit in der Hand, und das haben Sie mit der von Ihnen geleisteten Anstrengung beglichen, dieses Objekt als Geschenk zu begreifen. Mein Geschenk hört also auf, Geschenk zu sein. Im übrigen könnte das ja nicht mal eines sein, wenn *ich* es als solches gemeint hätte, das heißt als etwas, das Sie, sobald ich es Ihnen überreiche, als Geschenk begreifen müssen: Das würde nämlich bedeuten, daß ich von Ihnen eine Gegenleistung erwarte, natürlich nicht eine materielle, sondern in einem bestimmten Bewußtseinsakt Ihrerseits.« Mein Vater, sah ich, schüttelte nur den Kopf. Man kann mit ihm nicht normal reden, sagte er. Meine Mutter bot der Frau Kaffee an, aber sie lehnte dankend ab. Es kam zu einer ein wenig unangenehmen Pause. Mein Bruder, dem es gelungen war, unter seinen Inquisitoren Verwirrung zu stiften, machte sich nun offen über sie lustig. »Fassen wir zusammen. Wenn ein freigebiger Geschenkemacher begreift, daß das Geschenk, das er jetzt gleich machen will, ein *Geschenk* ist, dann hört dieses Geschenk auf, Geschenk zu sein, noch bevor irgend jemand damit beschenkt worden ist. Ein Geschenk kann nur existieren, wenn weder der Geschenkemacher noch der Geschenkeempfänger sich dessen bewußt sind, daß dieses Geschenk – ein Geschenk sei. Das heißt, wenn ich so ein Geschenk, eine Gabe, wirklich besitze, dann kann das niemand wissen: weder Sie noch ich.« »Gut«, sagte die Psychologin, »du hast recht. Komm, wir machen einen Test. Ich werde dir ein paar Bilder zeigen, und du sagst mir spontan, was du siehst.« Okay, sagte mein Bruder. Sie reichte ihm ein Blatt Papier. Später erfuhr ich, daß darauf ein Rorschachfleck abgebildet war, eine sinnlose

Schmiererei im Stile Kandinskys, die der Befragte beschreiben und interpretieren sollte, um so seine geheimsten Gedanken und unterirdischen Bewußtseinsströme zu verraten, von denen er nicht einmal selbst etwas ahnt. Was siehst du hier? fragte sie. Mein Bruder antwortete praktisch simultan: Hermann Rorschach und Professor Vurdelja schweben in den Wolken und halten sich an den Händen. Der Bienenschwarm vibrierte einen Augenblick lang. Die rothaarige Frau legte das Testbildchen in ihre Tasche zurück. Ihr Sohn, wandte sie sich an meine Eltern, ist ein sehr schlauer und intelligenter Junge, aber er liebt es, andere Leute zum Besten zu halten. Dann wandte sie sich meinem Bruder zu, fuhr aber fort, ihn in der dritten Person anzureden. »Er genießt es«, sagte sie, »Zwietracht zu stiften. Ich denke, er tut dies, weil ihm die Schule nicht genug Gelegenheit bietet, um gewissen wesentlichen Fragen auf den Grund zu gehen. Ich, beispielsweise, hätte das über die Geschenke gerne schriftlich. Ich bin mir nicht sicher, ob ich alles verstanden habe, wahrscheinlich nicht, und ich möchte verstehen; vielleicht wird mir das bei meiner weiteren Arbeit mit Kindern helfen.« Sie erhob sich. Schreib mir das auf, sagte sie, wenn du Zeit hast. Sie sind, sagte mein Bruder, eine hervorragende Psychologin. Meine Eltern brachten sie zur Tür. Mein Bruder blieb im Zimmer. Ich weiß nicht, ob er sie nachher noch mal wiedergesehen hat, aber ich weiß, daß er damals anfing zu schreiben. Von den Fragmenten des Essays über die Gabe, der meiner Schätzung nach einen Großteil des Notizheftes eingenommen haben mußte, sind nur wenige übriggeblieben. Sogar die paar Absätze, die mir jetzt zur Verfügung stehen, mußte ich vervollständigen, indem ich mich auf den Sinn stützte, auf gewisse Stileigentümlichkeiten und auf mein zugegebenermaßen immer schlechter werdendes Gedächtnis. »Angenommen, man würde Ihnen eine Collage aus Reispapier in einem Glaskästchen schenken – stellen Sie sich vor, daß das Glas teilweise durchsichtig ist, teilweise undurchsichtig, doch nicht vollständig, so daß Sie deutlich ein noch kleineres Schächtelchen erkennen können, das sich im Innenraum des ersten verbirgt, an die Oberfläche des japanischen Reispapiers geklebt –, und angenommen, der anonyme Gabenmacher hätte, ohne Ihnen etwas davon zu sagen, in diese kleinere Schachtel ein Haiku gelegt, das Sie nur lesen können, wenn Sie das Glas zerbrechen und die Collage vernichten, so entspräche das ungefähr dem Wesen der Gabe. Sobald Sie sich dessen bewußt sind, hört sie auf zu sein, was sie war. Alles, was man von der

Gabe kennen kann, sind ihre Folgen, ihre Reste. [...] Die Geschichte des Schenkens wimmelt nur so von Paradoxien. Die Gabe des Prometheus, das Feuer, das von den einen als Symbol des Lebens, von den anderen als Symbol des Wissens betrachtet wird, ist gar keine Gabe. Platon sagt, der großzügige Prometheus habe die irdischen Kreaturen, seine Schützlinge, die Sterblichen, der Gabe beraubt, die seinen Namen trägt, die Gabe der Vorsehung. Das war der Preis für die Fackel, die er vom Olymp herabschmuggelte. Damit wir, behauptete Prometheus, die Stunde unseres Todes nicht sähen! Was für ein Blödsinn. Dank dieses fragwürdigen Geschäfts ist es nur dem schlimmsten Abschaum, den Mördern, Schurken und gottlosen Halunken, die zum Tode verurteilt sind, vergönnt, den Augenblick und die Umstände ihres Endes zu kennen, sie allein vermögen den Traum eines jeden aufrichtigen Menschen zu verwirklichen und in ihrem Leben wie in einem offenen Buch zu lesen. Alle anderen sind wie die Helden eines Werkes ohne Sinn und Verstand, in ständiger Erwartung der Blitze, mit denen der transzendentale Zeigefinger des himmlischen Romanciers eine neue Folge des Fortsetzungsromans *Wir zwei* kritzelt. Das war keine Gabe. Prometheus war vielleicht ein Held; der Held der Unternehmer und der kleinen Geschäftsleute. Der Alte handelte mit Schmuggelware. Später hat man ihn erwischt und gefoltert, aber das ist sein Problem. […] Die Indianer glauben, ein Gott hätte ihnen den Lehm geschenkt. Doch göttliche Geschenkpäckchen waren immer schon verdächtig, von der Pandora-Sache an aufwärts. Immer schon mußte man irgendwie dafür zahlen, mit Gehorsam, Opfern, indem man seinem Blut oder seinem Glauben abschwor. Der erste Gott, der Schöpfer, wenn es ihn denn gibt, muß jemand sein, der eine echte Gabe gibt und nichts im Gegenzug verlangt. Alle anderen lügen und tricksen. Wir haben Zeugenberichte davon. Im Apokryph des Johannes findet sich eine hervorragende Szene aus dem Familienleben des Schöpfers. Gott wendet sich an die Menschen, brüllt wie ein zweijähriges Kleinkind, das einen Wutanfall hat: Ich bin ein eifersüchtiger Gott, es gibt keinen anderen Gott neben mir! Ich bin Gott der Vater, und es gibt niemanden über mir! Darauf ertönt die Stimme der Muttergottes: Du sollst nicht lügen! Auf wen bist du denn so eifersüchtig, wenn es keinen anderen Gott neben dir gibt? Du wirst gleich was auf den Hintern kriegen, paß bloß auf! […] Die gesamte christliche Tradition beruht auf einer einzigen Überzeugung: Es gibt, es gab eine authentische Gabe. Dem Kanon nach ist dies die Gabe des Lebens, das über den Tod siegt, ein Geschenk, das durch seine Natur selbst die Ökonomie der Zeit untergräbt und alle Schulden tilgt. Aber wenn man aus Ostern eine Religion macht, wenn man von uns verlangt, daß wir die Erlösung mit dem Akt des Glaubens vergüten – und zwar nicht eines tätigen Glaubens, sondern eines verbalisierten Glaubens, dem verordneten Rezept entsprechend –, dann kann man das nicht mehr ein Geschenk nennen. Jesus warf die Tische der Börse um, Petrus und seine Priester aber schufen einen internationalen spirituellen Währungsfonds. Was sind die Geschichten von Paradies und Hölle, von Schuld und Sühne, von Erbsünde und Jüngstem Gericht, wenn nicht die Weltbank der Seelen, der Teufelskreis, in den wir immer schon als Schuldner geboren werden? Danke schön. Das ist *es* nicht. [...] Die Beschreibung der wahren Gabe Christi findet sich in einigen Schriften der Gnostiker. Wir sehen ihn als Knaben. Er spielt im Staub, formt Spatzen aus Ton. Sie werden lebendig, flattern auf und verschwinden in der Ferne. Ein, zwei Augenblicke lang schaut er ihnen nach; dann geht er seiner Wege, ohne sich umzudrehen. Ende. Diese Spatzen werden sonst nirgends mehr erwähnt, doch gerade darin liegt der Kern der Sache.

Das Wesentliche des Christentums ist in dieser kraftvollen, geradezu orientalischen Miniatur enthalten; in einer kurzen Zen-Erzählung, einem Koan, das in den Büchern der Häretiker fortlebt. Christus schenkte den Spatzen das Leben. Als Gegenleistung verlangte er nichts, und sie flogen davon und gingen ihren Geschäften nach. Das ist das einzig wahre Geschenk, die einzig echte Gabe, die jemals verzeichnet wurde, ein Akt absoluter Liebe, das unverständliche Werk eines Herzens ohne Ego. Die Liebe ist die einzige Gabe. Über Liebe läßt sich nicht sprechen.« Ich zog den Parka mit dem kojotenfarbigen Pelzbesatz an der Kapuze aus. Ich nahm Streichhölzer und zündete die Kerzen an. Ein Vanillegeruch verbreitete sich im Zimmer. Ich machte den Wein auf, um ihn atmen zu lassen. Ich schaltete das Radio an. Es wurde gerade ein Nachmittagskonzert aus der Westminster Church in Saskatoon, Provinz Saskatchewan, übertragen. Ich glaube, es war ein Stück von Pergolesi oder Scarlatti. Ich verwechsle die beiden immer. Ich weiß nur, daß der eine üppige Locken hatte oder eine Perücke trug, während der andere sein Haar vom Hinterkopf bis in die Stirn zog; aber beide haben ein *Salve Regina* komponiert. Ich verspürte den Wunsch, ins Atelier zu gehen, meine Frau zu umarmen und ihr schweigend beim

Arbeiten zuzusehen. Doch etwas hielt mich zurück. Einen Augenblick lang machte ich die Kerzen, den Wein, die Mandeln und Oliven dafür verantwortlich. Ich nahm ein Päckchen Zigaretten aus meiner Jacke, prüfte, wieviel noch drin waren, und setzte mich beruhigt an den Tisch. Auf der Schachtel war, den neuen Vorschriften entsprechend, das Foto des kranken Herzens eines Rauchers abgebildet. Gleich daneben stand, ebenfalls den neuen Vorschriften entsprechend, eine Warnung, die dreißig Prozent der Packungsoberfläche einnahm. Darauf war zu lesen, daß Rauchen tödliche Herzkrankheiten, Lungen- und Kehlkopfkrebs, Impotenz und Zahnfäulnis verursache, daß es abhängig mache, unschuldige Kinder töte und, alles in allem, ein Verbrechen gegen die Menschheit darstelle. Ich drehte die Packung mit der Vorderseite auf den Tisch. Auf der anderen Seite erblickte ich das gleiche Foto und den gleichen Text, diesmal auf französisch. Ich wollte zu Weihnachten eine Tabaksdose geschenkt bekommen. Tausende Kilometer westlich von mir, in der gefrorenen Prärie, in der die Sonne zwei, drei Stunden später aufgeht als hier, schwang ein Herr namens Charles Dutoit den Dirigentenstab und führte ein Orchester samt Sopranistinnen und Mezzosopranistinnen durch das *Salve Regina.* Ich versuchte, ihn mit einem regelmäßigen Klopfen des Zigarettenpäckchens auf der Tischoberfläche zu begleiten, gab es jedoch bald auf. Charles Dutoit, dachte ich, besitzt sicher eine Tabaksdose. Ich machte das Radio aus und suchte nach der Zeitung. Ich fand sie auf dem Sofa. Lokalnachrichten: Die hiesige Universität hat bereits ihr Jahresschneeräumbudget aufgebraucht; eine Schneiderin hat im Lotto gewonnen, ist aber ausgerutscht und hat so das Glückslos im Schnee verloren; die freiwillige Ortsfeuerwehr geht von Tür zu Tür und singt Weihnachtslieder. Nachrichten aus der Welt: Bush und Gore bereit für den Showdown; Unruhen in Marokko; Iliescu rumänischer Präsident; in Dänemark ein zwölfjähriger Hacker verhaftet; in Serbien Mihalj Kertes, der ehemalige Generaldirektor der Zollbehörden, hinter Gittern. Der Kulturteil war ausschließlich der Frage gewidmet, ob auf den Schullehrplänen Bücher stehen dürfen, in denen Schimpfwörter vorkommen. Die Sprache formt und bestimmt angeblich das Denken, so daß häßliche Wörter zu häßlichen Gedanken führen – Gedanken, beispielsweise, über den Beischlaf und die Darmentleerung –, die sonst niemandem in den Sinn kommen würden. Hier können Sie die substanzlosesten maoistischen Maximen veröffentlichen und sich als postmodern ausgeben.

Hier können betrunkene, vollgedröhnte Jugendliche jeden, der aus einer Schwulendisko kommt, krankenhausreif schlagen, aber die Schulbibliotheken bewahren sie vor dem gefährlichen Kontakt mit Dominique Laportes berühmter *Geschichte der Scheiße*. Hier kann man bombardieren, wen man will, aber man muß sich dabei gepflegt ausdrükken; mit humanistischem Feingefühl, wie Havel und Wiesel. Hier wird ein junges Mädchen verhaftet – ja wirklich, verhaftet –, wenn es parfümiert zur Schule kommt, aber sie kann sich nach Lust und Laune mit Ritalin vollpumpen, denn das hat ihr der Onkel Doktor verschrieben. Hier ... Hier ... Und dort? Mein Gott. Egal. Es gab eine Zeit, in der mich solche Dinge betroffen machten. Jetzt nicht mehr. Wenn ich jetzt manchmal so was denke, dann nur, weil meine Frau immer noch eine persönliche Angelegenheit daraus macht. Doch auch das geschieht immer seltener. Ich stopfte die Zeitung in den Korb mit dem Material zum Feueranfachen und kehrte zum Tisch zurück. Ich nahm eine Zigarette, roch daran und steckte sie in den Mund. Ich näherte das Gesicht der Kerze. Die Spitze der Zigarette hatte fast die Flamme berührt, als ich im letzten Moment zurückwich. Meine Frau behauptet, man töte jedesmal, wenn man eine Zigarette an einer Kerze anzündet, einen Seemann. Ich riß ein Streichholz an. Bedeutet das jetzt, daß ein Seemann, dank meiner Geistesgegenwart, gerade noch dem Tod entronnen ist? Wer weiß. Früher konnte mich ihr Aberglaube immer wieder überraschen. Ich akzeptierte ihn erst, als ich begriff, daß auch ich Teil davon war. Seither stelle ich meine Aktentasche nicht mehr auf dem Fußboden ab. Wenn ich ihr Atelier betrete (was nicht häufig geschieht), zwinkere ich den kleinen Tonfiguren zu, die über der Ofentür thronen, und bringe damit den launischen Gottheiten der Kunsttöpferei meine Ehrerbietung dar. Wenn wir über den Tod meines Bruders sprechen, werde ich darauf achtgeben, mit der Hand nicht auf mein Herz zu zeigen. Auch das gehört zu den Korollarien der Liebe. Aber über Liebe läßt sich nicht schreiben. Man muß sich an die Tatsachen halten, muß etwas über sie schreiben, etwas über uns, etwas *Wirkliches*, etwas, das kein Trick ist, keine Konjunktion von Wind und Nebel, die wir »Literatur« nennen. Wir wissen bereits, daß meine Frau Töpferin ist, daß sie im Schlaf spricht, daß sie Hunde mag und sie nach Gestalten ihrer Lieblingsbücher nennt, daß sie häufig *Vegeta*® verwendet und nur selten Ausrufezeichen. Das sind Tatsachen, wie auch das folgende, das sich leicht überprüfen läßt.

Vor vielen Jahren – ich wage es, diesen Ausdruck zu verwenden, obwohl sie ihn nicht gutgeheißen hätte in einem Satz, in dem von *ihr* die Rede ist – veröffentlichte *Politika Express* ein Foto von ihr. Auf diesem Bild, trotz der schwachen, grobkörnigen Auflösung, erkennt man eindeutig meine zukünftige Ehefrau. Man sieht sie am Strand, im Bikini, wie sie ein Eis schleckt; ein Eis in schokoladeüberzogener Waffel, wenn ich nicht irre. Sie blickt irgendwo seitlich in die Ferne, hinter sich, als wollte sie sich vor jemandem verbergen, der ihr die Süßigkeit entreißen könnte. Unter dem Foto, das erbarmungslos den geschmeidigen Körper einer Sechzehnjährigen ausbeutet, befindet sich eine wahre Perle journalistischen Einfallsreichtums: »Um sich abzukühlen, gehen die einen in den Schatten, die anderen …« Sie wohnte damals in der Nähe des Strandes. Sie liebte Sommer und Wasser. Sie liebt sie immer noch, aber auf eine Art, die mich zunächst perplex machte. Von jedem Sandstrand sagt sie, er erinnere sie an *ihren* Strand, an die Donau, und also auch an Novi Sad. Gerieten wir an einen felsigen Strand, so erwähnte sie ihre Sommerferien auf der Insel Brač in Dalmatien. Kurz, jeder Strand, nein, jeder Raum, wo auch immer er sein mag, läßt meine Frau an die verlorene Zeit denken, die jetzt nur noch in der

Erinnerung existiert. Die Wahrheit, hat sie mir mal gesagt, hängt nicht von der geographischen Lage ab. Buenos Aires ist ein zwanzig- oder dreißigmal vergrößertes Novi Sad, in dem man durch irgendein Wunder Kastilisch spricht. Der Blick auf Brooklyn aus dem Restaurant im sechsundzwanzigsten Stock des New Yorker Beekman-Wolkenkratzers, das ist der Blick auf Novi Sad von der Petrovaradiner Festung aus. Als wir zu unserer Hochzeitsreise auf Kuba waren, sahen wir einmal eine Zeile würfelförmiger Betonbauten im reinsten Stil des sozialistischen Realismus. Es war ein heißer, schwüler Abend. Die Straßen waren noch feucht vom nachmittäglichen Wolkenbruch. Zwischen den Gebäuden spielten Jungs Baseball. Auf einem der Balkone trank ein sonnenverbrannter Kubaner im Achselhemd sein kubanisches Bier und verfolgte ein Match auf einem tragbaren Fernseher. Neben ihm kochte eine füllige Kubanerin in buntem Kleid etwas auf einem Gaskocher. Der Kubaner stand auf, bastelte an der Antenne rum und richtete das Bild. Er nahm einen Löffel vom Tisch und probierte das Essen – wir können annehmen, daß es sich um ein kubanisches Gericht handelte – direkt aus einem gepunkteten Topf. Er legte den Löffel weg, klatschte der Kubanerin auf den Hintern, setzte sich wieder hin und schaute sich weiter das Match an. Das ist, sagte meine Frau, als ob wir im Satellit wären. *Wo?* Im Satellit, wiederholte sie. Ich brauchte einen Augenblick, um mich an die Vorstadtsiedlung von Novi Sad zu erinnern, die in einem unleugbar identischen Stil erbaut worden ist. Dieser Vergleich machte mir Sorgen. Wer würde schon seine Hochzeitsreise mit dem Satellit-Viertel assoziieren? Hier, dachte ich, muß energisch eingegriffen werden. »Erstens«, sagte ich, »sind die Häuser im Satellit weiß oder grau, und die hier sind hellblau. Zweitens spielt dort niemand Baseball. Drittens« – ich hatte beschlossen, schwere Geschütze aufzufahren – »gibt es, soweit ich weiß, im Satellit keine Palmen.« In diesem Augenblick fiel der Strom aus. Das ganze Viertel war plötzlich ins Dunkel getaucht. Ausrufe der Unzufriedenheit hallten an den Betonmauern wider und mischten sich mit einer Frauenstimme, die unablässig einen Namen rief: *Vladimirooo … Vladimirooo, ven a casaa …* In der Ferne leuchtete unser Hotel wie ein Kasino in der Wüste. Meine Frau triumphierte. Siehst du, sagte sie, der andere Block hat noch Strom. Ich war geschlagen. Wir gingen am Meer entlang bis zum Hotel. Das Hundeufer, die Katzenbank, sie rezitierte uns bekannte Ortsbezeichnungen, als riefe sie die Namen verschollener Ahnen herbei, die Fischerinsel, der Steinbruch, die Kleine Donau … Sodros, fuhr ich fort, der Offiziersstrand, die Zellulitismeile … Manchmal, in Nächten, die sich als schwierig erweisen, liegen wir dicht nebeneinander in der Dunkelheit, betrachten die glühenden Spitzen unserer Zigaretten – aus irgendeinem Grund erblickt sie immer in der Glut der Zigarettenspitze so etwas wie einen Totenschädel – und versuchen, uns die Namen, das Aussehen und die genaue Lage der Novisader Straßen zu vergegenwärtigen, die Cafés, Klubs, Burekbäcker, Buchhandlungen, Kioske, Konditoreien und Plätze. Wir lassen unsere Hände durch den Sand der Erinnerung gleiten, auf der Suche nach den Spielplänen der Kinos und Theater, den Konzerten, Parks, Brücken, Ausstellungen, Graffiti – ich frage sie: Weißt du, wie die enge Straße heißt, die die Temerinska mit der Arsa-Teodorović-Straße verbindet? Ich kann nicht sagen, wie sie heißt, sagt sie, nachdem sie lange nachgedacht hat, aber ich bin mir sicher, daß es die Straße mit diesem Graffito ist: »Jim Jarmusch, his mother's son« – wir irren umher auf der Suche nach Bildern, die uns wieder ins Leben zurückversetzen und uns gleichzeitig seine Vergänglichkeit vor Augen führen. Wir haben uns bei einem der hiesigen Kunsthappenings kennengelernt. Das

Zentrum für Humansimulation benötigt immer wieder Zeichner, Bildhauer, Maler, Trickfilmkünstler, Designer und ähnliches, und so beschlossen die Manager, Geld in verschiedene Kunstakademien und -schulen zu investieren. Daraus ergaben sich automatisch andere Verpflichtungen. Man hatte nicht nur die Kunstakademie zu unterstützen, sondern sämtliche weiteren Künstlervereinigungen und Privatleute mit künstlerischer Ausrichtung; hier gibt es keine Diskriminierung. Wie soll man den Mitgliedern eines Rentnerblasorchesters erklären, daß für sie keine Mittel vorgesehen sind, obwohl sie bereits auf eigene Kosten die Musik aus dem Film *Der weiße Hai* einstudiert haben, während man Geld an eine Ursula Uzi vergeudet, die, zwanzig Jahre danach, die Performance von Cate Elwes, *Menstruation II* von 1979, nachstellt und darunter Slogans mit Tinte aus Menstruationsblut schreibt? Das geht einfach nicht. Hier gibt es, wie gesagt, keine Diskriminierung; man ist sich schuldig, alles zu unterstützen. Unsere kleine Stadt hat dank der uneigennützigen Spenden des Zentrums bereits vier neue Galerien eröffnet, mehrere Orchester, eine auf Biographien von Kublai Khan spezialisierte Buchhandlung, eine Amateuroper, mehrere Musikfestivals, davon mindestens zwei der Country-music, und noch vieles mehr. Für das Zentrum ist das ein gutes Geschäft: Die Spenden können von der Steuer abgesetzt werden, und obendrein erscheint es als Flaggschiff der Kultur. Aber solcherlei Aktivitäten fordern gewisse Opfer. Auf jeder Performance, jedem Festival, jeder Konzertpremiere und jeder Vernissage muß logischerweise ein Vertreter des Zentrums anwesend sein. Den Managern kommt es natürlich nicht mal in den Sinn, ihre Zeit mit so etwas zu vergeuden, wie sie sich auch sonst eigentlich für nichts interessieren, was nicht in unmittelbarem Zusammenhang mit Golf steht. So fiel die Ehre auf mich. Es war meine Frau, die mich aus dieser Höllenpein wie auch aus manch anderer schwierigen Situation rettete. Sobald wir anfingen, zusammen auszugehen, schrieb ich der Direktorin der Abteilung für Öffentlichkeitsarbeit einen kurzen Brief. »Liebe Frau Smith«, schrieb ich, »mit großem Bedauern teile ich Ihnen mit, daß ich mich in einer Situation befinde, die es mir nicht mehr erlaubt, den Aktivitäten der Künstlergemeinde unserer Stadt als Repräsentant unseres Zentrums weiterhin beizuwohnen. Meine Beziehung mit (es folgte der Name meiner Frau) und, insbesondere, meine Anwesenheit bei ihren Ausstellungen könnte fälschlicherweise als Bevorzugung einer jungen Künstlerin aufgrund persönlicher

Motive gedeutet werden. Mit freundlichen Grüßen, usw.« (Als ich ihr den Brief vorlas, machte mich meine Frau darauf aufmerksam, daß sie Töpferin und nicht »Künstlerin« sei und daß sie mich das nächste Mal meine sämtlichen Zähne schlucken ließe, wenn ich sie noch einmal als Künstlerin bezeichnete. Etwas sagte mir, daß sie keine Witze machte.) Frau Smith hatte meinen Plan gewiß durchschaut, es blieb ihr aber keine Wahl: Die Axiome der Wissenschaft der Öffentlichkeitsarbeit erlauben nicht einmal einen Anschein von Zweideutigkeit. So zog ich mich aus der Affäre. Das war jedoch später. Solange man mich von dieser Fron noch nicht befreit hatte, mußte ich zwei Jahre lang praktisch jeden Freitag und Samstag zum einen oder anderen Kunstspektakel. Eine einfache Grundrechnung bereits kann uns darüber aufklären, daß ich in diesem Zeitraum mindestens zweihundert solcher Veranstaltungen mit eigenen Augen gesehen habe. Und ich habe einiges gesehen, sogar noch mehr, und doch kann ich nicht sagen, es hätte sich nicht gelohnt: Auf einer dieser verrückten Orgien habe ich, wie gesagt, meine Frau kennengelernt. Im Stadttheater wurde anläßlich eines Nationalfeiertags – ich glaube, es war der Königin-Viktoria-Tag – ein Galaabend veranstaltet, an dem gut zwei Dutzend

Lokalkünstler ihre Arbeiten ausstellen sollten. Ich zog meine schwarze Hose an, einen schwarzen Rollkragenpulli und ein schwarzes Sakko, dann noch meine schwarzen Schuhe und machte mich auf zum Tempel der Kunst. Es fing sehr gut an. Eine neu formierte Operntruppe führte das wenig bekannte Werk *Ausflüge des Herrn Brouček* von Leoš Janáček auf. Janáček hatte seine besten Opern erst nach 1917 komponiert, nachdem er seine siebenunddreißig Jahre jüngere Frau Kamila Stösslová kennengelernt hatte. Bis dahin hatte er wahrscheinlich harte Drogen konsumiert, wovon das Libretto der phantastischen Abenteuer des Herrn Brouček noch Zeugnis ablegt. Málinka (Sopran) und ihr Geliebter Mazal (Tenor) streiten sich in einer Kneipe. Herr Brouček (Tenor, besoffen) unterbricht sie und behauptet, auf dem Mond gäbe es Leben. Anschließend sieht man Herrn Brouček auf dem Mond in Gesellschaft zweier Lebewesen (Sopran und Tenor), an deren Namen ich mich nicht erinnere. Diese Wesen gleichen Málinka und Mazal aufs Haar. Der einzige Unterschied besteht darin, daß ihre Lunadoppelgänger sich nicht in einer Kneipe zanken, sondern während eines herrschaftlichen Ausritts über Kunst diskutieren. Herr Brouček sitzt auf einem der Pferde hinten auf, und sie galoppieren zusammen zum Tempel der Kunst, dem traditionellen Treffpunkt aller Mondbewohner. Alle Anwesenden sind von Herrn Brouček begeistert und fordern ihn auf, an ihrem Gelage teilzunehmen. Allerdings essen die Mondmenschen ihre Nahrung nicht, sie riechen nur daran. Herr Brouček weiß das natürlich nicht und löst einen Skandal aus, als er genüßlich eine Wurst verschlingt. Man bringt ihn auf die Erde zurück, in die Kneipe, aus der er hergekommen ist. Herr Brouček schläft am Tisch ein, stockbesoffen. Málinka und Mazal müssen ihn nach Hause tragen. Vorhang. Frenetischer Applaus. Von da an entwickelten sich die Dinge zumindest für Janáček zum Bessern, was man vom Rest des Galaprogramms nicht behaupten konnte. Es folgte eine Performance mit tätowierten Strippern und Stripperinnen unter dem vielversprechenden Titel *Textualität der Sexualität.* Auf der Bühne wimmelte es von primären, sekundären und allen anderen Geschlechtsmerkmalen; drei Gestalten in Kapuzen, die man notfalls als Gitarristen bezeichnen konnte, schlugen mit Trommelstäben erbarmungslos auf die Saiten ihrer Instrumente ein und kreierten so den Geräuschhintergrund für den nun folgenden ausgelassenen Minikarneval. Ein glatzköpfiger Multimediakünstler betrat die Bühne. Er schleppte einen

Sessel in die Mitte des Raumes und setzte sich hin. Auf die große Leinwand hinter ihm wurde die Videoaufnahme eines Hügels projiziert, auf dem sich nichts ereignete. Das ist, erklärte er, der Erwartungshorizont. Eine Zeitlang saß er wortlos im Sessel und verließ dann die Bühne. Bald darauf kam er mit einer Motorsäge zurück und begann den Fauteuil in seine Einzelteile zu zersägen. Nach ein paar Minuten schaltete er den Motor ab. In diesem Sessel, sagte er (außer Atem, denn es handelte sich offenbar um ein Sitzmöbel aus Zeiten, in denen man noch solide Sessel herstellte, die sich nicht so einfach zerstückeln lassen), vor genau zwanzig Jahren, hob der ehrwürdige Pater Simmons aus Tatamagouch, Neu-Schottland, seinen Talar und befahl mir, ihn dort zu küssen … Jetzt reicht's, sagte ich mir. Ich ging hinaus. Im Foyer erblickte ich den Maler Foster, der in seiner hyperrealistischen Phase als Illustrator im Zentrum gearbeitet hatte. Ich plaudere gern von Zeit zu Zeit mit ihm. (Er war es, der mir von Frances Stonor Saunders' Buch *Wer die Zeche zahlt …: Der CIA und die Kultur im Kalten Krieg* erzählte, in dem schlüssig behauptet wird, daß einige Größen der amerikanischen Kulturszene, darunter Jackson Pollock, ihren Ruhm der Propagandaabteilung der CIA verdanken.) Er war von

Kritikern umstellt. Er sah aus wie ein Grundschüler, der sich nicht sicher ist, ob er jetzt einen Rüffel oder Lob vom Schuldirektor erhalten wird. Es war höchste Zeit für eine Zigarettenpause. Teil dir deine Kräfte gut ein, Brouček, sagte ich mir, wer weiß, was dich im Tempel der Kunst noch erwartet. Ich winkte Foster zu, lief zum Ausgang – im Theater ist das Rauchen, das versteht sich von selbst, verboten – und blieb an der Tür stehen. Zu meiner Rechten sah ich eine Vitrine, auf deren Spiegelboden eine kupferfarbene Teekanne stand. Das Licht eines kleinen Halogenprojektors wurde von der Glasur zum Spiegel und vom Spiegel wieder zur Glasur zurückreflektiert und erzeugte in diesem Zauberkreis die Illusion eines überirdischen Glanzes. Ich trat näher. Neben der Teekanne, auf einem kleineren, ebenfalls mit einem Spiegel umkleideten Sockel, befanden sich zwei Täßchen ähnlicher Farbe. Sie sahen aus, als wären sie in einer osteuropäischen Schule für Industriedesign entstanden, wirkten aber leichter. Auf einem dritten Sockel, diskret von den beiden anderen entfernt, stand eine doppelt ovale Schale – ein bißchen wie die kommunizierenden Röhren aus dem Physikunterricht –, gehalten in Farbnuancen, die ineinanderflossen, so daß die rostbraune Wolke des einen Teils sich der Krümmung der Oberfläche anpaßte und übergangslos in die braungrüne Patina des anderen Teils floß. Neben diesen ausgestellten Objekten las ich den Namen meiner Frau zum ersten Mal. Aus ihrem Namen konnte ich schließen, daß sie aus einem der vielen Teile des ehemaligen Jugoslawien stammen mußte, wahrscheinlich aus Serbien oder Kroatien. Ich suchte das Programmheft, in dem die Teilnehmer des Abends in alphabetischer Reihenfolge vorgestellt wurden. Es steckte in meiner Hosentasche, zu einer faustgroßen Kugel zusammengeknüllt. Ich erfuhr daraus lediglich, daß meine Frau, die es damals noch nicht war, in ihren Arbeiten mit Oxiden gemischte japanische Shino-Glasuren verwendet, daß sie im Gasofen bei äußerst hohen Temperaturen (geschrieben stand: die Temperaturen steigen bis zum zehnten Segerkegel) brannte, und noch weitere Einzelheiten über ihre Arbeitsweise; über sie selbst enthielt es keinerlei Information. Was soll's, dachte ich, vielleicht ist es besser so. Ich hatte mit meinen Landsleuten schon diverse Erfahrungen gemacht. (Und hier kann ich jetzt die Mazedonier, Bosnier, Kroaten und Slowenen nicht mehr dazurechnen, auch wenn ich mit denen auch schon so meine Erfahrungen gemacht hatte.) Vor langer Zeit hatte ich in der serbischen Buchhandlung in Toronto ein Exemplar von David

Albaharis *Kurzem Buch* gekauft. Ich war unvorsichtig gewesen und hatte mit der Kreditkarte bezahlt. Bald darauf erhielt ich Zuschriften mit diversen Werbeangeboten und Sonderaktionen. Aus Vancouver schickte man mir ein Probeexemplar der Zeitschrift *Der Regenschirm* zu. Auf der Titelseite: Lepa Lukić, Star des serbischen Volkslieds. Das Schockinterview: Lepa Lukić. *Der Regenschirm* landete im Papierkorb, wobei er einen sehr schönen Bogen beschrieb; mein Bruder wäre stolz auf mich gewesen. Ein paar Wochen später rief ein Marketingexperte an und erkundigte sich, ob ich – da ich ja nun genug Zeit gehabt hätte, das Gratisexemplar des *Regenschirms* zu lesen und mich vertraut zu machen mit der Lebensphilosophie der Lady Lukić –, ob ich mich nun entschlossen hätte, den *Regenschirm* zu abonnieren. Der Ton seiner Stimme war zu Beginn sehr herzlich, so als wären wir alte Kumpel. Als es mir endlich gelang, mich in diesen kameradschaftlichen Monolog einzuschalten, erklärte ich ihm, daß ich nun keinesfalls wünschte, den *Regenschirm* zu abonnieren. Wieso? sagte er (möglich, daß er anstelle des Fragezeichens sein absolutes Unverständnis für meine Ablehnung durchschimmern ließ). Weil, sagte ich, das, was Lepa Lukić über das Leben denkt, mich überhaupt nicht interessiert.

Dankeaufwiederhören! sagte er schnöde und knallte den Hörer auf. Kurz danach meldete sich die Mannschaft des serbischen Fußballklubs Hamilton aus Hamilton bei mir. Der junge Mann sprach noch eine Nuance schlechter Serbisch als der nicht weniger unbegabte serbische Thronfolger im Exil, aber immer noch besser als Madeleine Albright. Ich schlug ihm vor, zum Englischen überzugehen, doch er lehnte beleidigt ab. Wiir, sagte er, komm in your town spielen foot-ball, und wiir, wissen'S, wollen eat in eine serbisch Restorän. Es tut mir leid, sagte ich, hier gibt es keine serbischen Restaurants. Daas ist schlecht, very bad, antwortete er, wiir gern zu geben money for unser people, wiir nicht gern zu geben money for these Ausländer. Der Kerl, dachte ich, glaubt sicher, Danilo Kiš sei eine französische Eierspeise. Es gab jedoch auch weniger unterhaltsame Anrufe, derentwegen ich sogar meine Telefonnummer und meine Kreditkarte wechseln mußte; doch darüber möchte ich mich nicht ausbreiten. Ich trat vor das Theater. Sie stand auf der Treppe. Ich sage: sie, obwohl ich in diesem Augenblick noch gar nicht wissen konnte, daß *sie* es sein würde. Ich sah einfach eine elegante junge Frau, die sich eine Zigarette anzündete. Auch ich zündete mir eine Zigarette an. Einige Minuten lang standen wir schweigsam Seite an Seite. Ich hatte also genug Zeit, sie eingehend zu mustern. Sie behauptet heute noch, ich hätte sie nicht einmal eines Blikkes gewürdigt, was aber nur beweist, daß ich in der Kunst des unauffälligen Beobachtens an die Grenze der Vollkommenheit gelangt war. Wäre ich ein Schriftsteller – hier muß ich erwähnen, daß ich, im Unterschied zu Bohumil Hrabal beispielsweise, der in *Allzu laute Einsamkeit* behauptet, er würde ganz anders schreiben, wenn er Schriftsteller wäre, was ein Paradox ist, da er durchaus Schriftsteller ist, wirklich kein Schrifsteller bin, denn ich werde regelmäßig aus allen kreativen Fernschreibworkshops rausgeschmissen; so daß Hrabals Satz eine literarische Aporie darstellt, während meiner einfach logisch eine Fälschung darstellt; zu meinem Trost sei jetzt hier angefügt, wenn das denn ein Trost ist, daß dieser Satz, *dieser Satz hier*, inzwischen so kompliziert geworden ist, daß ich ihn noch einmal von vorne anfangen muß – wenn ich also Schriftsteller wäre (und das bin ich nicht), könnte ich an dieser Stelle beschreiben, wie sie aussah. Vielleicht könnte ich es nicht mal, wenn ich Schriftsteller wäre. Werfen wir einen Blick auf all diese lyrischen Ergüsse, all diese Petrarcas, all diese anatomischen Phantastereien, die Purpurinseln und *blasons anatomiques*, die uns die Dichter anzudrehen versuchen als vom schönen Geschlecht inspirierte Poesie – Oh! Ihre Augen! Ach! Ihre Brüste! Oh! Ihre Lippen! *Oh?* Ihr herrlicher Hintern! –, listen wir sie alle zusammen auf, und fügen wir diese Unmenge Verse hinzu, die man über die Objekte und Subjekte der Liebe hat schreiben können, all jene unausgegorenen Versuche verheulter Heranwachsender und pickelgesichtiger Jugendlicher, diese Sturzbäche von Gefühl, die man vielleicht wirklich hätte beschreiben können, selbst wenn vielleicht niemand sie geschrieben hat, reihen wir sie also auf wie in einem Lexikon: Was dabei herauskäme, wäre entweder ein Anatomieatlas oder eine Enzyklopädie menschlicher Ohnmacht angesichts einer Erfahrung, die auf nichts reduzierbar ist. Ich glaube, ich habe durchaus bereits genügend zu dieser Unternehmung beigesteuert. In meiner Grundschulzeit blieben wir auf dem Weg zur Bushaltestelle beim katholischen Friedhof stehen. Wir: die minderjährige N. K., die Schönheit jener Saison, und ich, ein Durcheinander wildwüchsiger Hormone. Du gefällst mir, sagte ich zu ihr, bereits seit einem Monat, seit eineinhalb Monaten. Warum gerade ich? fragte sie. Anstatt einer Antwort – denn auf diese Frage gibt es keine Antwort – verzapfte ich irgendeinen Stuß, eine gruselige Collage aller nur denkbaren Gemeinplätze über ihre Augen, ihre Lippen, ihre Haare und was mir sonst so einfiel. Stoff dazu hatte ich in einem Buch mit dem Titel *Die hundert schönsten Liebesgedichte der Welt* gefunden. N. K. hat später selbst ein Gedicht verfaßt, in dessen erster Strophe ich meine eigene monströse Wendung wiedererkannte: Du gefällst mir schon einen Monat, schon eineinhalb Monate … Sie hatte die Verse abgewandelt aus einigen der *Schönsten Liebesgedichte der Welt* und durch eigene Kreationen ergänzt. Das so entstandene linguistische Monstrum verewigte sie auf einem Blatt, das sie aus einem kleinen, karierten Heft herausgerissen hatte, und zwar in derselben Schönschrift, mit der Poesiealben gefüllt werden, und fügte dann nach der letzten Strophe, ganz unten auf der Seite, unsere beiden Namen hinzu. Als meinem Bruder dieses Sonett in die Hände fiel (er stöberte immer in meinen Sachen herum, was, zugegebenermaßen, eine Art Familienkrankheit war), rezitierte er es unablässig einen ganzen Monat oder eineinhalb Monate lang. Das, sagte er mir, ist *tief!*, *tief!* gedacht, das, mein Junge, *schlägt* ein! Und so weiter. Ich glaube, es ist besser, wenn ich den Sicherheitsabstand zu meiner verstimmten Lyra wahre und mich nicht an der poetischen Vivisektion meiner Frau im Augenblick unserer ersten

Begegnung versuche. Ich müßte sonst ja auch, aus Gründen der Symmetrie und des Fair play, erwähnen, wie sie mich ihrerseits sah, was bedeuten würde, daß ich die katastrophale Tatsache zu Papier bringen müßte, daß sie bei meinem Anblick zuerst an den Schauspieler Patrick Duffy dachte, bekannter als Bobby Ewing aus *Dallas.* Das kommt nicht in Frage. Glücklicherweise haben wir immer noch das Foto aus der *Politika Express.* Betrachten wir dieses Dokument und stellen wir uns anstatt des Bikinis einen hellgrauen Robe-di-Kappa-Pullover vor, dazu gut gebügelte graue Hosen, offensichtlich alte, aber gut gepflegte Schuhe (halbhoher Absatz, wahrscheinlich italienisch), silberne Ohrringe (auf keinen Fall goldene, das ist spießig), und wenn wir dann das Eis durch eine Zigarette ersetzen und den Strand von Novi Sad durch eine Treppe, die zum Eingang eines Provinztheaters führt, über dessen Portal wir Anna of Green Gables zahnlückiges Lächeln gewahren, dann erhalten wir eine ziemlich wahrheitsgetreue Wiedergabe dessen, was ich selbst in jenem Augenblick sah. Was noch? Der Frühlingswind wehte Spuren eines Parfüms zu mir, von dem ich damals dachte, daß es Chanel oder *Opium* sei. Schminke, Lippenstift, einzelne blondierte Haarsträhnen. Ihre Armbanduhr konnte ich nicht genau sehen, aber ich hatte den Eindruck, daß es sich um eines der frühen Swatch-Modelle handelte. Ihre Körperhaltung war bedächtig, ein klein wenig unsicher und, wenn man das so sagen kann, europäisch. Sie warf einen kurzen Blick auf das eigene Spiegelbild im Glas, musterte sich von Kopf bis Fuß und lehnte sich dann – als hätte sie zu sich selbst gesagt: »nichts Besonderes« – an die Wand und zog an ihrer Zigarette. Ausgeschlossen, dachte ich, daß die von hier ist. Innerlich hatte ich bereits lange lakkierte Fingernägel als Konsequenz alles bisherigen vorausberechnet, doch hier täuschte ich mich: Sie waren kurz. Das ist sie, sagte ich zu mir selbst. Ihre Nägel einer Töpferin haben sie verraten. Wie finden Sie dieses Happening? fragte ich sie (auf englisch, sicher ist sicher). Sobald sie mich ansah, wußte ich, daß ich nicht unrecht gehabt hatte mit meinen Mutmaßungen. Noch nie, antwortete sie, habe ich eine solche Unmenge Blödsinn auf so kleinem Raum versammelt gesehen. Die Mehrheit der Kanadier hätte geantwortet, daß dies alles wirklich äußerst interessant sei, oder hätte sich einer anderen, nicht weniger absurden Krücke bedient. Doch die Mehrheit der Kanadier spricht auch nicht Englisch mit einem unzweifelhaft gedehnten Akzent aus der Wojwodina. Wir gingen zum Serbischen über. Nach ein, zwei, drei Sätzen stellte sich schon heraus, daß wir beide aus Novi Sad kamen, daß sie zwei Jahre jünger war als ich, angewandte Kunst studiert hatte (Abteilung Tontöpferei) und daß sie in unser kleines Provinzstädtchen gezogen sei, weil sie gehört hatte, daß das Zentrum großzügig jede Art von künstlerischer Tätigkeit unterstützte. (Als sie das Wort »künstlerisch« aussprach, malte sie mit den Fingerspitzen Anführungszeichen in die Luft). Wir beendeten unsere Zigaretten ungefähr gleichzeitig. Vielleicht, sagte ich, sollte ich besser wieder hineingehen. Wir gingen zusammen zurück. Im Foyer erklärte ein Kunstkritiker ganz aufgeregt einem alten Muttchen, wo genau auf den Gemälden Fosters sich die dahineilende Zeit erkennen ließe. Das Muttchen nickte verständnisvoll. Im Saal war gerade die Performance der studentischen Theatertruppe im Gange. Die jungen Frauen und Männer kämpften symbolisch gegen Ketten und leierten dabei die Multiplikationstafel vor sich her. Neben ihnen saß im Schneidersitz ein Mann mittleren Alters in einem Federkostüm. Ich nehme an, das war ihr Schauspiellehrer. Er erhob sich aus seinem Schneidersitz und stieß einen markerschütternden Schrei aus. Über den weiteren Verlauf der Ereignisse gibt es zwei Versionen. Meine Frau behauptet, ich hätte so ausgesehen, als müßte ich mich gleich erbrechen; daß ich aus dem Theater rausgerannt sei; daß sie, sich Sorgen machend, mir nachlief; daß sich aber, sobald wir das Gebäude verlassen hatten, herausstellte, ich hätte nur simuliert. Diese Version können wir getrost vergessen, denn sie ist unrichtig. Oder nur teilweise richtig. Soweit ich mich erinnern kann, tauschten wir nach jenem schrecklichen Schrei Blicke oder vielleicht schon während des Schreis, denn die Agonie des Schauspiellehrers dauerte zehn oder zwanzig Sekunden. Ich bin mir nicht mehr sicher, ob ich vorgeschlagen hatte, zu verschwinden, oder ob sie es war, aber ich behaupte, nein, ich bestehe darauf, daß sie mir dabei zuzwinkerte. Ich bleibe hartnäkkig dabei: Ich habe gesehen, was ich gesehen habe, ohngeachtet all ihrer Verneinungen und ihrer ironischen Bemerkungen über meine unwiderstehlichen Verführungskünste und meinen fatalen Charme. Nein, ich halte mich durchaus nicht für ein Sexsymbol, dem die Mädchen schon aus der Ferne zuzwinkern; aber sie zwinkerte mir in jenem Augenblick zu, und das genügt mir völlig. Deshalb simulierte ich, um diese Veranstaltung, der ich aus Dienstpflicht beiwohnte, verlassen zu können, einen plötzlichen Anfall von Magen-Darm-Grippe. Magen-Darm-Grippen grassieren hier ständig, so daß die Idee nicht so absurd ist, wie sie im ersten Augenblick erscheinen könnte. Überdies verlangt ihre Darstellung kein großes Schauspieltalent. Es genügt, eiligen Schrittes den Raum zu verlassen und sich dabei den Bauch zu halten, und alle werden denken: »Verflucht! Wieder so eine Magengrippe!« Man wird Ihnen sogar dankbar sein, daß Sie hinausgegangen sind.) Als wir uns vor dem Gebäude wieder trafen, schlug ich ihr vor, irgendwo einen Kaffee trinken zu gehen. Es spricht auch für meine Version der Ereignisse, daß sie nicht im mindesten über meinen Vorschlag erstaunt war. Im Gegenteil. Wir fuhren zu einem Restaurant mit einer Terrasse über dem Fluß. Obwohl es ein Flußufer war, roch es, darin sind wir uns beide einig, nach Meer. Manchmal, im Frühling und im Sommer, riecht es hier wirklich wie am Meer. Überdies ist der Ozean nicht weit. Wir tranken Kaffee und sprachen über Novi Sad. Ich erkundigte mich, wo man jetzt abends ausginge, was dort gelesen werde, ob dieses oder jenes Café immer noch »in« sei, als wäre sie eben erst in Kanada angekommen. Sie antwortete detailliert und sicher wie ein Schriftsteller oder ein professioneller Lügner. Ich hörte ihr zu und verliebte mich; zunächst in ihre Liebe zu der Stadt und dann, das schien bereits klar zu sein, in sie. Warum bist du fortgegangen? fragte ich sie. Sie blickte zur Seite und runzelte leicht die Brauen, als versuchte sie sich an ein kleines Detail zu erinnern, was ihr nicht mehr einfallen wollte. Die Gaslaternen des Restaurants spiegelten sich im Wasser; es sah aus, als trieben Mandarinenschalen auf der Wasseroberfläche. Es war im Sommer, sagte sie. Sie nahm einen Schluck Kaffee und spähte in die Tasse. Sie drehte sie um, betrachtete die Marke auf dem Tassenboden und stellte sie wieder auf die Untertasse zurück. Erst dann fuhr sie fort. »Ich war zusammen mit Freunden auf der Katzenbank. Damals hatte ich noch Freunde. Du weißt ja, wie das geht. Solange du da bist, bist du da. Später ist es, als hätte es dich nie gegeben. Damals trafen wir uns alle an der Katzenbank. Die ganze Truppe. Genial. Lauwarmer Gespritzter, Barbecue und Dolce vita, die Typen, die die Einberufungsbefehle ausgeben, können dich dort nicht finden. Auf dem Sand stand ein Transistorradio. Es lief gute Musik im Radio, bei uns. Hier dagegen … Was soll's. Auf einmal hörte die Musik auf. Zunächst hörte man nur ein Knattern, dann ein entferntes Donnern flußaufwärts. Ich hatte kaum Zeit, mich umzudrehen, da waren die Flugzeuge schon über uns. Sie folgten dem Flußbett der Donau, ganz tief – ich hatte so etwas noch nie gesehen –, ich dachte, sie würden mir gleich den Kopf abreißen. Ihre Flügel waren schwarz. Verrußt. Angesengt. Grauenvoll. Eine Sekunde später waren sie weg. Das Radio setzte sich wieder in Gang. Es liefen *Die leichten Pinguine*, stell dir vor, das glaubt man nicht. *Ich bin der Schrecken der Mädchen … frag in der Fabrik nach, wenn du's nicht glaubst …* Und jemand sagte: Vukovar. Die sind völlig verrückt geworden, hörte ich eine andere Stimme. Wir standen knietief im Wasser und blickten zum Himmel, wie ein Haufen Deppen auf Landpartie. Dann haben die anderen wieder Ball gespielt. Glaub bloß nicht, daß ich irgend jemand einen Vorwurf daraus mache. Da gibt's nichts zu deuteln. Du warst nicht dabei. Du weißt nicht, wie das war. Jeder von den Jungs damals hätte am nächsten Tag weg sein können … Was konnten sie tun? Nichts. Ball spielen. Ich konnte nicht einmal mehr das. So. Deshalb bin ich weggegangen. Wegen dieses Ballspiels. Und du?« »Keine Ahnung«, sagte ich. »Ich dachte immer, ich müßte irgendwohin weggehen, aber ich ging nicht weg. Und dann ging mein Bruder weg, er verschwand, kein Mensch weiß, wohin, und das war's dann. Ich schnürte mein Bündel. Ich dachte, ich würde direkt ins Herz der Welt reisen, und ich landete hier. Am Arsch der Welt.« Sie lachte. Es stimmt, wir sind hier wirklich weitab vom Schuß, doch zumindest droht hier niemand, seinen Nachbarn mit einem verrosteten Löffel zu erwürgen. Du hast recht, sagte ich. (Was hätte ich auch sagen können? Daß vor rund zwei Jahrhunderten genau von hier aus, aus dem ehemaligen Neu-Frankreich, die Hälfte der Einwohner vertrieben worden war in die grauenvollen Sümpfe Louisianas? Daß amerikanische, kanadische, englische, holländische, italienische und deutsche Piloten jeden Tag Tiefflüge übten, gleich hier, über dem Gebiet der Labradorreservate, und so den Indianern tagtäglich das Wild vertrieben? Daß bei jedem Telefongespräch mit den Verwandten ein unhörbarer Gesprächspartner namens Echelon teilnimmt? All das ist wahr. Und doch kann ein Leid ein anderes nicht relativieren. Für Leiden gibt es keinen Maßstab.) Als sie mich fragte, was mir am meisten fehlte, erzählte ich ihr vom Bronx, einer Kneipe im alten Mlinpek-Gebäude, in der früher einmal, vor langer Zeit, die Gruppe *Koprokoffief* auftrat. (Sie hatte nie von ihnen gehört.) Ich sagte ihr, daß mein Bruder genug Geld zusammengekriegt hatte, um sich eine Ibáñez-E-Gitarre zu kaufen, indem er in Crkvenica ausländische Touristen mit der Zeichenkohle porträtierte; daß er diese Gitarre mit krummem Hals gegen einen gebrauchten Synthesizer tauschte, den zuvor Firči, der Drummer der Luna, dem zukünftigen Leader der Sozialdemokratischen Liga der Wojwodina abgekauft hatte; daß mein Bruder diesen Synthesizer, der nur funktionierte, wenn Firči vorher ordentlich darauf eindrosch, bald einem Bekannten schenkte, der seine Garage als Übungsraum für die Novisader Gruppen Colors, Die Stadt und Buntes Programm zur Verfügung stellte, Gruppen, die immer zusammen auftraten, mit Luna; daß einige dieser Gruppen Platten aufgenommen hatten und Konzerte in Belgrad, Zrenjanin, Pančevo und Wien gaben und daß sie sogar einmal auf MTV gewesen waren; daß mindestens ein Mitglied aus jeder dieser Gruppen später einen Band Gedichte oder Prosa veröffentlicht habe; daß mein Bruder schließlich zur akustischen Gitarre zurückkehrte, auf der er wahre Wunder vollbringen konnte, wie zum Beispiel eine Melodie von Satie in ein mazedonisches Volkslied zu verwandeln, dessen Name mir nicht mehr einfallen will; daß ich aber, trotz allem, am meisten die Zeit vermisse, in der er mit *Koprokoffief* auftrat, im Bronx, eine Zeit, in der anscheinend alle Musik machten oder, wenn sie keine machten, zumindest welche hörten und sich dafür begeisterten, Platten bestellten aus London, per Post, aus dem *Recommen-*

ded Records-Katalog, und jedes Päckchen mit einer religiösen Hingabe öffneten, als würde mit dessen Inhalt eine neue Zukunft anbrechen. Es ist nicht nötig, über den weiteren Verlauf unserer Unterhaltungen zu sprechen. Klar, daß das alles zu einer Liebesgeschichte führte, die ich nicht zu beschreiben imstande wäre, selbst wenn ich es wollte. Wir heirateten, kauften ein Haus und die Ausstattung für ihr Atelier. Meine Eltern fanden darin, scheint mir, einen gewissen Trost. Mein Vater befindet sich immer noch in seinem Gefühlskoma, aber er spricht nur noch selten von Schopenhauer. Meine Mutter redet mich nach wie vor in der Mehrzahl an, doch das ergibt jetzt einen gewissen Sinn. Wir haben keine Kinder; wir haben eine kleine Hündin, die einem Fuchs ähnlich sieht. Sie beide sind meine Welt, meine einzige Welt, und es gab nur einen Augenblick – obwohl das nicht ein Augenblick war, sondern ein Tag, ein Tag und eine Nacht vielleicht, nicht mehr aber als zwei Tage –, an dem ich fürchtete, daß auch diese Welt vor mir zusammenstürzen würde, daß sie in ebenjener riesigen Staubwolke verschwinden könnte, aus der alle Welten gemacht sind. Es war ein Dienstag. Der zwölfte Dezember zweitausend. Ich drückte meine Zigarette aus und ging ins Atelier hinüber. Sobald ich den Raum betrat, zwinkerte ich den Tonfiguren über der Ofentür zu. Phoebe stürmte auf mich zu und wedelte mit dem Schwanz. Ich nahm sie hoch und sagte: Du kleiner Fuchs. Und setzte sie wieder auf den Boden. Meine Frau zog ihre Schutzbrille aus (während des Brennens schaut sie häufig in den Ofen und bestimmt anhand der Verfärbung den Oxidationsgrad). Mit ein paar Schritten war sie schon bei mir, umarmte und küßte mich. Danke, sagte sie, danke. Phoebe gähnte, streckte sich und trottete zum Regal mit den Glasuren. Neben einer Blechschachtel, zwanzig mal zwanzig mal zehn Zentimeter groß, die mit einem matten schwarzen Lack überzogen war, rollte sie sich zusammen. Das ist das schönste Geschenk, das man mir je gemacht hat, sagte meine Frau, und mir war, als spräche sie aus einer großen Ferne, das ist die beste Asche für Glasuren … die ich je gesehen habe … wie hast du nur *gewußt*, daß …? Ich blickte auf die Schachtel und fühlte, wie ich mit jedem Herzschlag tiefer in mich selbst versank und jegliche Beziehung mit der Wirklichkeit verlor. Sie sagte noch etwas. Ich weiß nicht, was. Ich erkannte sie nicht wieder. Ich meine das wörtlich und wiederhole deshalb: Ich erkannte sie nicht wieder. Ich fühlte, daß das jemand war, den ich wiedererkennen *sollte*; daß ich jetzt etwas sagen sollte. Aber ich konnte es nicht. Ich atmete immer schneller und schneller. Mein Herz schlug wie wild, wie Trommeln bei einem Eingeborenenfest. Eine unangenehme Hitze durchschoß meine Brust, mein Hals schnürte sich zu, meine Hände wurden ganz klamm und gefühllos und langten mir, als wären es nicht meine Hände, an die Stirn, ergriffen ein paar Haarbüschel und zogen sie nach hinten, bis ich Schmerz spürte. Vergeblich sagte ich mir, daß es sich nur um eine klassische Panikattacke handle und daß alles gut werden würde. Ich wurde von einer fürchterlichen Trauer ergriffen und fühlte mich vollkommen am Ende meiner Kräfte. Meine Lippen, das spürte ich, verzogen sich zu einer schmerzlichen Grimasse, einer Grimasse des Entsetzens, die lautlos wiedergab, was ich in diesem Augenblick als einziges zu sagen imstande war: Ich sterbe, ich sterbe … Ihr Gesicht; ihre Stimme; die Entwürfe und Bücher auf dem Tisch; die Töpferscheibe; das Werkzeug; die Schachteln mit der Tonerde und den Glasuren; der elektrische Ofen; der Gasofen und die Figürchen über seiner Tür; die Grafiken mit den Temperaturkurven; die kupferfarbenen Teekannen und Schalen; die Hündin, die wie ein Fuchs aussieht; die Fotokopien der altgriechischen Oden zum Lobe der Göttin Athene; Chajjams Sinnspruch: »Wer ist hier der *Töpfer* und wer das *Gefäß*?«, der mit roten und gelben Reißnägeln an eine Korkpinnwand über dem Schreibtisch befestigt war; das alles, auch wenn es mir jetzt leichtfällt, mir diese Dinge vorzustellen, erschien mir in jenem Augenblick fremd, irgendwie unmöglich, und löste sich auf in einem Ozean aus Leere, den ich in mir entdeckte. Und genau da geschah es, daß sie zum drittenmal ein Ausrufezeichen benutzte. Sie nahm meine Hände, löste sie von meinem Hinterkopf, preßte sie gegen ihre Brust und rief meinen Namen. Und ich rief ihren Namen. Ich atmete die Luft ein, als würde ich das zum erstenmal tun, wie ein Kind, das nach einer Unterwassergeburt an die Oberfläche auftaucht. Mein Bruder sagte, daß jede Entscheidung Myriaden von Parallelwelten erzeuge, in denen sich der Wirklichkeit neue Möglichkeiten eröffneten. Ich glaube, er hatte recht. Wären diese Welten Züge, und gäbe es einen archimedischen Punkt, von dem aus man die unzähligen Gleise übersehen könnte, so würden wir auf einem dieser Gleise meinen Doppelgänger erblicken: einen Mann von fünfunddreißig Jahren mit graumeliertem Haar, der am Fenster eines Zuges steht und raucht, die Kippe in den Fahrtwind wirft (denn dieser Zug rast an ungenannten Flüssen, Seen und Bergen vorbei, die man durchaus für die Flüsse,

Seen und Berge der Schweizer oder der italienischen Alpen halten könnte), das Fenster schließt, sich auf seine Pritsche legt und eine Blechschachtel an sich drückt, von der wir bereits wissen, daß sie leer ist, und der dann einschläft, um endgültig, auf ewig einsam, in diesem Abteil, in den Nebelbänken des Horizonts zu verschwinden. Auch das ist eine der möglichen Welten. Doch ich hatte meine Entscheidung bereits getroffen, beziehungsweise war sie für mich gefällt worden. Ich behaupte nicht, das sei die Lösung. Im Gegenteil. Ich weiß nicht, weshalb er fortging. Ich weiß nicht, wo er sich aufhielt. Ich weiß nicht, weshalb er sich nie meldete, obwohl er offensichtlich meine Adresse kannte. War er ein Genie oder ein Spinner? Und weshalb wollte er, daß ich seine Asche erhalte? Glaubte er an jenen Talmudspruch, der behauptet, wir seien wie Oliven, wir gäben unser Bestes erst, wenn man uns zermalme? Oder dachte er, der Erzengel Gabriel werde sein Herz von der Ursünde reinigen, so wie er es mit dem Herzen Mohammeds tat, das er aus dessen Brust entfernte, in der Flamme von den Sünden reinigte und dann wieder in die Brust des Propheten einsetzte. Und was sollen wir mit der Asche der Vergangenheit tun, die wir niemals vergessen können, die uns immer noch mit ihren unerfüllten

Versprechen lockt und schmerzt? Dem Schweineherzen, und in geringerem Maße auch dem Herzen des Hundes, ähnelt das Menschenherz am meisten. Von Schweinen weiß ich nichts, außer, daß auch sie von Zeit zu Zeit der Anlaß von Kriegen sein können. Aber ich weiß, daß ein Hund – der gewöhnlichste Straßenköter, wenn man ihn mit Nahrung, oder womit auch immer, vorausgesetzt, daß dieses Womitauchimmer für ihn, den Hund, tatsächlich verlockend erscheint, angelockt hat, um ihn zu baden und zu waschen –, daß auch dieser Hund, sobald man ihn wieder auf die Straße läßt, ihn seiner wahren Umgebung und seinem natürlichen Habitat zurückgibt, sich ohne zu zögern wieder in Schlamm und Dreck, in Gras und Aas und, wenn's sein muß, in den eigenen Exkrementen wälzen wird, wenn ihm das nötig erscheinen sollte, und dabei denkt – obwohl wir nicht sicher sein können, daß ein Hund tatsächlich etwas denkt, wenn er so etwas tut, was aber auch nicht wichtig ist, denn wichtig ist nur, daß wir dem, was er tut, Sinn verleihen, ihn auf eine bestimmte Art und Weise sehen oder betrachten, so als würde er denkend handeln –, und dabei also denkt, daß es möglich ist, mit ein bißchen Wälzen in der erstbesten Pfütze oder im nächsten Schlammloch die Zeit zurückzudrehen und so etwas von der eigenen Wesentlichkeit zu begreifen und von der Vergangenheit, die ihm dauernd entflieht und die auch in der Erinnerung des Hundes als trügerischer Schatten von Freiheit und Glück fortbesteht; als Reminiszenz an ein zielloses Streunen auf Hafenkais, auf Friedhöfen und in Parks, an die Nähe einer läufigen Hündin, an den Geruch von Sommer und Winter, an das Hecheln und Jaulen während einer Kopulation, die von herannahenden Autoscheinwerfern unterbrochen wird. Woraus man schließen könnte, daß für diesen Hund das Glück genau in dem Schmerz liegt, den der Vaginismus ihm bereitet, in dem Schmerz, der das einzige ist, was er gekannt hat, der sein Universum ist, denn dieser Schmerz ist ein bekannter Schmerz, und das heißt: Er birgt Momente des Glücks in sich, des Wiedererkennens, der Sicherheit der Tradition, und das Aufblitzen von Sinn in seiner Existenz. Ja: Auch Hunde haben Gefühle, sie kennen Glück, Trauer, Schmerz, Sehnsucht, sie haben eine Tradition und vielleicht sogar eine Sprache. Aber im Gegensatz zu den Menschen suchen die Hunde keine Exkremente, um daraus Gold zu machen oder um sie durch das magische Feuer ihrer Seelen zu verwandeln, sondern um sich darin zu wälzen. Das ist nicht unser Weg. Wir gingen zum Haus hinüber, Arm in Arm. Wir aßen schweigend zu Abend. Vielleicht nicht vollkommen schweigend. Von Zeit zu Zeit fragte sie mich, ob es ginge. Ja, antwortete ich, aber ich kann nicht sprechen. Wir tranken ein Glas Wein. Und löschten die Kerzen. Wir gingen mit Phoebe spazieren. Die Holzhäuschen waren mit Weihnachtsbeleuchtung geschmückt. Es begann zu schneien. Später kehrten wir ins Atelier zurück und warfen einen Blick in den Ofen. Die Flamme war blau. Es war so heiß in dem Raum wie am Strand von Novi Sad. Wir beschlossen, die Nacht hier zu verbringen. Wir holten Schlafsäcke, die Gitarre und Nescafé. Ich versuchte etwas zu spielen. Es ging nicht. Eine Zeitlang blieb sie mit mir wach, doch dann wurde sie von der Müdigkeit übermannt. Ich konnte nicht einschlafen. Ich las. Aus einem der Bücher, die auf ihrem Tisch lagen, erfuhr ich, daß Ascheglasuren in einigen Keramikschulen besonders geschätzt wurden, vor allem in Japan. Die Legende vom Meister Hazama erzählt, daß dieser sich in der Mitte des zwölften Jahrhunderts, auf dem Höhepunkt seines Ruhmes und seiner Fertigkeit, in einen Ofen stürzte und seinen Schülern seine Asche vermachte. Dieser Akt wurde zur Tradition in der Hazama-Schule; eine Tradition, die in leicht veränderter Form heute noch fortdauert. Das Buch erwähnt die kanadische Kunsttöpferin Ruth Gowdy-McKinley, die in ihrem Testament verlangte, daß man nach der Verbrennung mit ihrer Asche – nachdem man den letzten Rest Kalzium daraus entfernt hatte, denn das verursacht unschöne Flecken – ihre letzten Arbeiten glasieren sollte. Ich löschte das Licht, nahm meine Frau in die Arme und sagte, daß man über Meister Hazama und seine Schule eine schöne Geschichte schreiben könnte. Schreib sie, sagte sie mit schläfriger Stimme. Am Morgen rief ich im Zentrum an und ließ mich wegen Magen-Darm-Grippe entschuldigen. (Verflucht, sagte die Sekretärin, hoffentlich erwischt es mich nicht.) Ich führte die Hündin spazieren, kaufte die Zeitung im Laden von Mr. Ma und kehrte ins Atelier zurück. Meine Frau schlief noch. Phoebe lief zu ihr, die Pfoten noch feucht vom frischgefallenen Schnee, ganz glücklich, daß wir nach einem fünfzehnminütigen Spaziergang alle wieder zusammen waren. Das ist meine Welt, sagte ich mir, meine einzige Welt, und wenn es etwas gibt, das uns trennt, dann muß man diese Gespenster, diese Papierdrachen so schnell wie möglich vertreiben. Als sie wach wurde, bereitete ich den Kaffee zu (sie trinkt immer Nescafé mit sehr wenig Wasser, viel Milch und einem Löffel Rohrzucker) und erzählte ihr alles. Sie war nicht gerade begeistert. Den ganzen

Tag versuchte ich sie davon zu überzeugen, daß ihm das gefallen hätte; daß er vielleicht – wer weiß? – auf seiner donquichottesken Irrfahrt auch auf Meister Hazama gestoßen war und daß so in ihm der Wunsch entstanden war, ein Abschiedsgeschenk zu hinterlassen. Sie glaubte mir nicht. Ich weiß nicht, ob ich selbst daran glaubte. Am Abend aber öffneten wir den Ofen und sahen etwas, was wir noch nie gesehen hatten, was man sogar in dieser Zeit universalen Zweifels und Unglaubens als Kunst, als Poesie, als das Aufleuchten eines großen, eines zu großen Herzens bezeichnen könnte. Wir standen vor dem Ofen und hielten uns an den Händen. Unsere Handflächen waren feucht von Schweiß und Tränen. Schreib das, sagte sie; *schreib das.* Und ich schrieb.